©1995, 2019. Recopilación: Ramiro Calle
©2019. De esta edición, Editorial EDAF, S. L. U.

Diseño de colección: Gerardo Domínguez
Imagen de portada: (123RF)

EDITORIAL EDAF, S. L. U.
JORGE JUAN, 68. 28009 MADRID
http://www.edaf.net
edaf@edaf.net

ALGABA EDICIONES, S. A. DE C. V.
CALLE 21, PONIENTE 3323. COLONIA BELISARIO DOMÍNGUEZ
PUEBLA 72180, MÉXICO
jaime.breton@yahoo.com.mx

EDAF DEL PLATA, S.A. CHILE, 2222
1227 - BUENOS AIRES, ARGENTINA
edaf4@speedy.com.ar

EDAF CHILE, S. A.
COYANCURA, 2270, OFICINA 914, PROVIDENCIA
SANTIAGO - CHILE
comercialedafchile@edafchile.cl

Primera edición: abril de 2019

ISBN: 978-84-414-3932-0
Depósito legal: M-9874-2019

Impreso en España   Printed in Spain

GRÁFICAS COFÁS. Pol. Ind. Prado Regordoño. Móstoles (Madrid)

A)‾
S

101 cuentos clásicos de la India

La tradición de un legado espiritual

Recopilación de
Ramiro Calle

MADRID · MÉXICO · BUENOS AIRES · SANTIAGO

2019

Indice

Introducción

Desde tiempos inmemoriales, la India ha sido tierra de renombrados maestros espirituales, sabios, místicos y yoguis. Es la patria del hinduismo, el budismo, el jainismo y el yoga y el lugar de nacimiento del Buda, Mahavir, Tilopa, Shankaracharya, Ramakrishna y Ramana Maharshsi, entre tantos otros. No es casual, por tanto, que tenga una herencia espiritual y cultural de excepción, habiendo aportado una magnífica literatura mística que incluye los *Vedas,* los *Upanishads**, el *Ramayana, El Mahabharata, El Dhammapada*** y otros fabulosos textos.

Tal vez por ello, algunos de los más grandes genios de Occidente se han interesado vivamente —incluso hasta la fascinación— por la India. Podemos recordar a Schopenhauer, Víctor Hugo,

---

* Publicado en esta misma colección. (*N. de. E.*)

** Publicado en esta misma colección. (*N. de. E.*)

Hermann Hesse, Mark Twain, Aldous Huxley, Cari Jung, Fritjof Capra, y tantos otros.

Para profundizar en la antigua sabiduría de la India, he viajado a este país en más de treinta ocasiones. He podido así conocer y entrevistar a un gran número de eremitas, sadhus, yoguis e instructores místicos. Todos ellos coinciden en la limitación del lenguaje y la insuficiencia del pensamiento ordinario para expresar conceptos de altura metafísica. El conocimiento cotidiano debe dejar paso a un conocimiento supracotidiano o Sabiduría que permita captar vivencial y existencialmente la Última Realidad como quiera que la definamos: iluminación, satori, samadhi, nirvana. Como con las palabras no se puede llegar a lo que está más allá de las palabras, muchos maestros, para apuntar a realidades que trascienden la mente ordinaria, se han servido de símiles, analogías y parábolas, utilizando como vehículo las narraciones y los cuentos. Estos cuentos, comprensibles incluso para las personas más sencillas, son capaces, de un modo sucinto y claro, de expresar más y mejor que todos los discursos del mundo, ya que permiten acceder a comprensiones muy sutiles y profundas. Si, como hemos visto, la India ha destacado por su rico caudal de espiritualidad, no puede extrañarnos, por tanto, que desde hace milenios se hayan venido perpetuando cuentos e historias para transmitir una enseñanza mística o iniciática. Muchos de ellos poseen un gran sentido del humor y resultan tan significativos y significantes como sugerentes y deliciosos, habiendo alcanzado otros países y siendo incorporados por otras tradiciones y culturas.

En mis largos recorridos por el subcontinente indio, y a través de mis innumerables encuentros con maestros espirituales, he tenido la ocasión de ir recogiendo muchos de estos cuentos, parte de los cuales he recopilado y redactado de forma amena y comprensible. Estos cuentos y narraciones —la mayoría antiquísimos y algunos contemporáneos— forman un tesoro clásico de conocimiento que apunta a realidades superiores y representa una valiosísima enseñanza mística. Al final de cada uno de ellos he incluido una apostilla que resume el mensaje interior que tradicionalmente los maestros asimilan a cada narración. Naturalmente, este breve comentario es solo una interpretación a un determinado nivel, ya que los cuentos tienen la facultad de contener distintas lecturas según los particulares grados de comprensión. De este modo, todo tipo de lectores, sea cual sea su edad o creencias, podrán, sin duda, disfrutar de estas pequeñas joyas de sabiduría. Ese al menos es mi deseo y el propósito de este libro.

RAMIRO CALLE
(Director del Centro de yoga «SHADAK»)

Solo se necesita miedo

Había un rey de corazón puro y muy interesado por la búsqueda espiritual. A menudo se hacía visitar por yoguis y maestros místicos que pudieran proporcionarle prescripciones y métodos para su evolución interna. Le llegaron noticias de un asceta muy sospechoso y entonces decidió hacerlo llamar para ponerlo a prueba.

El asceta se presentó ante el monarca, y este, sin demora, le dijo:

—¡O demuestras que eres un renunciante auténtico o te haré ahorcar!

El asceta dijo:

—Majestad, os juro y aseguro que tengo visiones muy extrañas y sobrenaturales. Veo un ave dorada en el cielo y demonios bajo la tierra. ¡Ahora mismo los estoy viendo! ¡Sí, ahora mismo!

—¿Cómo es posible —inquirió el rey— que a través de estos espesos muros puedas ver lo que dices en el cielo y bajo tierra?

Y el asceta repuso:

—Solo se necesita miedo.

El Maestro dice: Caminar hacia la Verdad es más difícil que hacerlo por el filo de la navaja; por eso solo algunos se comprometen con la Búsqueda.

¿Avisarías a los personajes de tu sueño?

El discípulo se reunió con su mentor espiritual para indagar algunos aspectos de la Liberación y de aquellos que la alcanzan. Departieron durante horas. Por último, el discípulo le preguntó al maestro:

—¿Cómo es posible que un ser humano liberado pueda permanecer tan sereno a pesar de las terribles tragedias que padece la humanidad?

El mentor tomó entre las suyas las manos del perplejo discípulo, y le explicó:

—Tú estás durmiendo. Supóntelo. Sueñas que vas en un barco con otros muchos pasajeros. De repente, el barco encalla y comienza a hundirse. Angustiado, te despiertas. Y la pregunta que yo te hago es: ¿Acaso te duermes rápidamente de nuevo para avisar a los personajes de tu sueño?

El Maestro dice: El ser liberado es como una flor que no deja de exhalar su aroma y, suceda lo que suceda, no se marchita.

El eremita astuto

Era un eremita de muy avanzada edad. Sus cabellos eran blancos como la espuma, y su rostro aparecía surcado con las profundas arrugas de más de un siglo de vida. Pero su mente continuaba siendo sagaz y despierta y su cuerpo flexible como un lirio. Sometiéndose a toda suerte de disciplinas y austeridades, había obtenido un asombroso dominio sobre sus facultades y desarrollado portentosos poderes psíquicos. Pero, a pesar de ello, no había logrado debilitar su arrogante ego. La muerte no perdona a nadie, y cierto día, Yama, el Señor de la Muerte, envió a uno de sus emisarios para que atrapase al eremita y lo condujese a su reino. El ermitaño, con su desarrollado poder clarividente, intuyó las intenciones del emisario de la muerte y, experto en el arte de la ubicuidad, proyectó treinta y nueve formas idénticas a la suya. Cuando llegó el emisario de la muerte, contempló, estupefacto, cuarenta cuerpos iguales y, siéndole imposible detectar el cuerpo verdadero, no pudo apresar al astuto eremita y llevárselo consigo. Fracasado el emisario de la muerte, regresó junto a Yama y le expuso lo acontecido.

Yama, el poderoso Señor de la Muerte, se quedó pensativo durante unos instantes. Acercó sus labios al oído del emisario y le dio algunas instrucciones de gran precisión. Una sonrisa asomó en el rostro habitualmente circunspecto del emisario, que se puso seguidamente en marcha hacia donde habitaba el ermitaño. De nuevo, el eremita, con su tercer ojo altamente desarrollado y perceptivo, intuyó que se aproximaba el emisario. En unos instantes, reprodujo el truco al que ya había recurrido anteriormente y recreó treinta y nueve formas idénticas a la suya.

El emisario de la muerte se encontró con cuarenta formas iguales. Siguiendo las instrucciones de Yama, exclamó:

—Muy bien, pero que muy bien. ¡Qué gran proeza!

Y tras un breve silencio, agregó:

—Pero, indudablemente, hay un pequeño fallo.

Entonces el eremita, herido en su orgullo, se apresuró a preguntar:

—¿Cuál?

Y el emisario de la muerte pudo atrapar el cuerpo real del ermitaño y conducirlo sin demora a las tenebrosas esferas de la muerte.

El Maestro dice: El ego abre el camino hacia la muerte y nos hace vivir de espaldas a la realidad del Ser. Sin ego, eres el que jamás has dejado de ser.

Sé como un muerto

Era un venerable maestro. En sus ojos había un reconfortante destello de paz permanente. Solo tenía un discípulo, al que paulatinamente iba impartiendo la enseñanza mística. El cielo se había teñido de una hermosa tonalidad de naranja-oro, cuando el maestro se dirigió al discípulo y le ordenó:

—Querido mío, mi muy querido, acércate al cementerio y, una vez allí, con toda la fuerza de tus pulmones, comienza a gritar toda clase de halagos a los muertos.

El discípulo caminó hasta un cementerio cercano. El silencio era sobrecogedor. Quebró la apacible atmósfera del lugar gritando toda clase de elogios a los muertos. Después regresó junto a su maestro.

—¿Qué te respondieron los muertos? —preguntó el maestro.

—Nada dijeron.

—En ese caso, mi muy querido amigo, vuelve al cementerio y lanza toda suerte de insultos a los muertos.

El discípulo regresó hasta el silente cementerio. A pleno pulmón, comenzó a soltar toda clase de improperios contra los muertos. Después de unos minutos, volvió junto al maestro, que le preguntó al instante:

—¿Qué te han respondido los muertos?

—De nuevo nada dijeron —repuso el discípulo.

Y el maestro concluyó:

—Así debes ser tú: indiferente, como un muerto, a los halagos y a los insultos de los otros.

El Maestro dice: Quien hoy te halaga, mañana te puede insultar y quien hoy te insulta, mañana te puede halagar. No seas como una hoja a merced del viento de los halagos e insultos. Permanece en ti mismo más allá de unos y de otros.

Una broma del maestro

Había en un pueblo de la India un hombre de gran santidad. A los aldeanos les parecía una persona notable a la vez que extravagante. La verdad es que ese hombre les llamaba la atención al mismo tiempo que los confundía. El caso es que le pidieron que les predicase. El hombre, que siempre estaba en disponibilidad para los demás, no dudó en aceptar. El día señalado para la prédica, no obstante, tuvo la intuición de que la actitud de los asistentes no era sincera y de que debían recibir una lección. Llegó el momento de la charla y todos los aldeanos se dispusieron a escuchar al hombre santo confiados en pasar un buen rato a su costa. El maestro se presentó ante ellos. Tras una breve pausa de silencio, preguntó:

—Amigos, ¿sabéis de qué voy a hablaros?

—No —contestaron.

—En ese caso —dijo—, no voy a deciros nada. Sois tan ignorantes que de nada podría hablaros que mereciera la pena. En tanto no sepáis de qué voy a hablaros, no os dirigiré la palabra.

Los asistentes, desorientados, se fueron a sus casas. Se reunieron al día siguiente y decidieron reclamar nuevamente las palabras del santo.

El hombre no dudó en acudir hasta ellos y les preguntó:

—¿Sabéis de qué voy a hablaros?

—Sí, lo sabemos —repusieron los aldeanos.

—Siendo así —dijo el santo—, no tengo nada que deciros, porque ya lo sabéis. Que paséis una buena noche, amigos.

Los aldeanos se sintieron burlados y experimentaron mucha indignación. No se dieron por vencidos, desde luego, y convocaron de nuevo al hombre santo. El santo miró a los asistentes en silencio y calma. Después, preguntó:

—¿Sabéis, amigos, de qué voy a hablaros?

No queriendo dejarse atrapar de nuevo, los aldeanos ya habían convenido la respuesta:

—Algunos lo sabemos y otros no.

Y el hombre santo dijo:

—En tal caso, que los que saben transmitan su conocimiento a los que no saben.

Dicho esto, el hombre santo se marchó de nuevo al bosque.

El Maestro dice: Sin acritud, pero con firmeza, el ser humano debe velar por sí mismo.

Pureza de corazón

Se trataba de dos ermitaños que vivían en un islote cada uno de ellos. El ermitaño joven se había hecho muy célebre y gozaba de gran reputación, en tanto que el anciano era un desconocido. Un día, el anciano tomó una barca y se desplazó hasta el islote del afamado ermitaño. Le rindió honores y le pidió instrucción espiritual. El joven le entregó un mantra y le facilitó las instrucciones necesarias para la repetición del mismo. Agradecido, el anciano volvió a tomar la barca para dirigirse a su islote, mientras su compañero de búsqueda se sentía muy orgulloso por haber sido reclamado espiritualmente. El anciano se sentía muy feliz con el mantra. Era una persona sencilla y de corazón puro. Toda su vida no había hecho otra cosa que ser un hombre de buenos sentimientos y ahora, ya en su ancianidad, quería hacer alguna práctica metódica.

Estaba el joven ermitaño leyendo las escrituras, cuando, a las pocas horas de marcharse, el anciano regresó. Estaba compungido, y dijo:

—Venerable asceta, resulta que he olvidado las palabras exactas del mantra. Siento ser un pobre ignorante. ¿Puedes indicármelo otra vez?

El joven miró al anciano con condescendencia y le repitió el mantra. Lleno de orgullo, se dijo interiormente: «Poco podrá este pobre hombre avanzar por la senda hacia la Realidad si ni siquiera es capaz de retener un mantra». Pero su sorpresa fue extraordinaria cuando de repente vio que el anciano partía hacia su islote caminando sobre las aguas.

El Maestro dice: No hay mayor logro que la pureza de corazón. ¿Qué no puede obtenerse con un corazón limpio?

La niña y el acróbata

Era una niña de ojos grandes como lunas, con la sonrisa suave del amanecer. Huérfana siempre desde que ella recordara, se había asociado a un acróbata con el que recorría, de aquí para allá, los pueblos hospitalarios de la India. Ambos se habían especializado en un número circense que consistía en que la niña trepaba por un largo palo que el hombre sostenía sobre sus hombros. La prueba no estaba ni mucho menos exenta de riesgos. Por eso, el hombre le indicó a la niña:

—Amiguita, para evitar que pueda ocurrirnos un accidente, lo mejor será que, mientras hacemos nuestro número, yo me ocupe de lo que tú estás haciendo y tú de lo que estoy haciendo yo. De ese modo no correremos peligro, pequeña.

Pero la niña, clavando sus ojos enormes y expresivos en los de su compañero, replicó:

—No, Babu, eso no es lo acertado. Yo me ocuparé de mí y tú te ocuparás de ti, y así, estando cada uno muy pendiente de lo que uno mismo hace, evitaremos cualquier accidente.

El Maestro dice: Permanece vigilante de ti y libra tus propias batallas en lugar de intervenir en las de otros. Atento de ti mismo, así avanzarás seguro por la vía hacia la Liberación definitiva.

Soy tú

Era un discípulo honesto. Moraba en su corazón el afán de perfeccionamiento. Un anochecer, cuando las chicharras quebraban el silencio de la tarde, acudió a la modesta casita de un yogui y llamó a la puerta.

—¿Quién es? —preguntó el yogui.

—Soy yo, respetado maestro. He venido para que me proporciones instrucción espiritual.

—No estás lo suficientemente maduro —replicó el yogui sin abrir la puerta—. Retírate un año a una cueva y medita. Medita sin descanso. Luego, regresa y te daré instrucción.

Al principio, el discípulo se desanimó, pero era un verdadero buscador, de esos que no ceden en su empeño y rastrean la verdad aun a riesgo de su vida. Así que obedeció al yogui. Buscó una cueva en la falda de la montaña y durante un año se sumió en meditación profunda. Aprendió a estar consigo mismo; se ejercitó en el Ser.

Sobrevinieron las lluvias del monzón. Por ellas supo el discípulo que había transcurrido un año desde que llegara a la cueva. Abandonó la misma y se puso en marcha hacia la casita del maestro. Llamó a la puerta.

—¿Quién es? —preguntó el yogui.

—Soy tú —repuso el discípulo.

—Si es así —dijo el yogui—, entra. No había lugar en esta casa para dos yoes.

El Maestro dice: Más allá de la mente y el pensamiento está el Ser. Y en el Ser, todos los seres.

La elocuencia del silencio

Un padre deseaba para sus dos hijos la mejor formación mística posible. Por ese motivo, los envió a adiestrarse espiritualmente con un reputado maestro de la filosofía vedanta. Después de un año, los hijos regresaron al hogar paterno. El padre preguntó a uno de ellos sobre el Brahmán[*], y el hijo se extendió sobre la Deidad haciendo todo tipo de ilustradas referencias a las escrituras, textos filosóficos y enseñanzas metafísicas. Después, el padre preguntó sobre el Brahmán al otro hijo, y este se limitó a guardar silencio. Entonces el padre, dirigiéndose a este último, declaró:

—Hijo, tú sí que sabes realmente lo que es el Brahmán.

El Maestro dice: La palabra es limitada y no puede nombrar lo innombrable.

---

[*] El Absoluto; Dios.

El barquero inculto

Se trataba de un joven erudito, arrogante y engreído. Para cruzar un caudaloso río de una a otra orilla tomó una barca. Silente y sumiso, el barquero comenzó a remar con diligencia. De repente, una bandada de aves surcó el cielo y el joven preguntó al barquero:

—Buen hombre, ¿has estudiado la vida de las aves?

—No, señor —repuso el barquero.

—Entonces, amigo, has perdido la cuarta parte de tu vida.

Pasados unos minutos, la barca se deslizó junto a unas exóticas plantas que Botaban en las aguas del río. El joven preguntó al barquero:

—Dime, barquero, ¿has estudiado botánica?

—No, señor, no sé nada de plantas.

—Pues debo decirte que has perdido la mitad de tu vida —comentó el petulante joven.

El barquero seguía remando pacientemente. El sol del mediodía se reflejaba luminosamente sobre las aguas del río. Entonces el joven preguntó:

—Sin duda, barquero, llevas muchos años deslizándote por las aguas. ¿Sabes, por cierto, algo de la naturaleza del agua?

—No, señor, nada sé al respecto. No sé nada de estas aguas ni de otras.

—¡Oh, amigo! —exclamó el joven—. De verdad que has perdido las tres cuartas partes de tu vida.

Súbitamente, la barca comenzó a hacer agua. No había forma de achicar tanta agua y la barca comenzó a hundirse. El barquero preguntó al joven:

—Señor, ¿sabes nadar?

—No —repuso el joven.

—Pues me temo, señor, que has perdido toda tu vida.

El Maestro dice: No es a través del intelecto como se alcanza el Ser; el pensamiento no puede comprender al pensador y el conocimiento erudito no tiene nada que ver con la Sabiduría.

Las pescadoras

Se trataba de un grupo de pescadoras. Después de concluida la faena, se pusieron en marcha hacia sus respectivas casas. El trayecto era largo y, cuando la noche comenzaba a caer, se desencadenó una violenta tormenta. Llovía tan torrencialmente que era necesario guarecerse. Divisaron a lo lejos una casa y comenzaron a correr hacia ella. Llamaron a la puerta y les abrió una hospitalaria mujer que era la dueña de la casa y se dedicaba al cultivo y venta de flores. Al ver totalmente empapadas a las pescadoras, les ofreció una habitación para que tranquilamente pasaran allí la noche. Era una amplia estancia donde había una gran cantidad de cestas con hermosas y muy variadas flores, dispuestas para ser vendidas al siguiente día. Las pescadoras estaban agotadas y se pusieron a dormir. Sin embargo, no lograban conciliar el sueño y empezaron a quejarse del aroma de las flores: «¡Qué peste! No hay quien soporte este olor. Así no hay quien pueda dormir». Entonces una de ellas tuvo una idea y se la sugirió a sus compañeras:

—No hay quien aguante esta peste, amigas, y, si no ponemos remedio, no vamos a poder pegar un ojo. Coged las canastas de pescado y utilizadlas como almohada y así conseguiremos evitar este desagradable olor.

Dos mujeres siguieron la sugerencia de su compañera. Cogieron las cestas malolientes de pescado y apoyaron las cabezas sobre ellas. Apenas había pasado un minuto y ya todas ellas dormían profundamente.

El Maestro dice: Por ignorancia y ausencia de entendimiento correcto, el ser humano se pierde en las apariencias y no percibe lo Real.

Ni tú ni yo somos los mismos

El Buda fue el hombre más despierto de su época. Nadie como él comprendió el sufrimiento humano y desarrolló la benevolencia y la compasión. Entre sus primos, se encontraba el perverso Devadatta, siempre celoso del maestro y empeñado en desacreditarlo e incluso dispuesto a matarlo. Cierto día que el Buda estaba paseando tranquilamente, Devadatta, a su paso, le arrojó una pesada roca desde la cima de una colina, con la intención de acabar con su vida. Sin embargo, la roca solo cayó al lado del Buda y Devadatta no pudo conseguir su objetivo. El Buda se dio cuenta de lo sucedido y permaneció impasible, sin perder la sonrisa de los labios. Días después, el Buda se cruzó con su primo y lo saludó afectuosamente. Muy sorprendido, Devadatta preguntó:

—¿No estás enfadado, señor?

—No, claro que no.

Sin salir de su asombro, inquirió:

—¿Por qué?

Y el Buda dijo:

—Porque ni tú eres ya el que arrojó la roca, ni yo soy ya el que estaba allí cuando me fue arrojada.

El Maestro dice: Para el que sabe ver, todo es transitorio; para el que sabe amar; todo es perdonable.

El cooli de Calcuta

Un buscador occidental llegó a Calcuta. En su país había recibido noticias de un elevado maestro espiritual llamado Baba Gitananda. Después de un agotador viaje en tren de Delhi a Calcuta, en cuanto abandonó la abigarrada estación de la ciudad, se dirigió a un cooli para preguntarle sobre Baba Gitananda. El cooli nunca había oído hablar de este hombre. El occidental preguntó a otros coolíes, pero tampoco habían escuchado nunca ese nombre. Por fortuna, y finalmente, un cooli, al ser inquirido, le contestó:

—Sí, señor, conozco al maestro espiritual por el que preguntáis.

El extranjero contempló al cooli. Era un hombre muy sencillo, de edad avanzada y aspecto de pordiosero.

—¿Estás seguro de que conoces a Baba Gitananda? —preguntó, insistiendo.

—Sí, lo conozco bien —repuso el cooli.

—Entonces, llévame hasta él.

El buscador occidental se acomodó en el carrito y el cooli comenzó a tirar del mismo. Mientras era transportado por las atestadas calles de la ciudad, el extranjero se decía para sus adentros:

«Este pobre hombre no tiene aspecto de conocer a ningún maestro espiritual y mucho menos a Baba Gitananda. Ya veremos dónde termina por llevarme».

Después de un largo trayecto, el cooli se detuvo en una callejuela tan estrecha por la que apenas podía casi pasar el carrito. Jadeante por el esfuerzo y con voz entrecortada, dijo:

—Señor, voy a mirar dentro de la casa. Entrad en unos instantes.

El occidental estaba realmente sorprendido. ¿Le habría conducido hasta allí para robarle o, aún peor, incluso para que tal vez le golpearan o quitaran la vida? Era en verdad una callejuela inmunda. ¿Cómo iba a vivir allí Baba Gitananda ni ningún mentor espiritual? Vaciló e incluso pensó en huir. Pero, recurriendo a todo su coraje, se decidió a bajar del carrito y entrar en la casa por la que había penetrado el cooli. Tenía miedo, pero trataba de sobreponerse. Atravesó un pasillo que desembocaba en una sala que estaba en semipenumbra y donde olía a sándalo. Al fondo de la misma, vio la silueta de un hombre en meditación profunda. Lentamente se fue aproximando al yogui, sentado en posición de loto sobre una piel de antílope y en actitud de meditación. ¡Cuál no sería su sorpresa al comprobar que aquel hombre era el cooli que le había conducido hasta allí! A pesar de la escasa luz de la estancia, el occidental pudo ver los ojos amorosos y calmos del cooli, y contemplar el lento movimiento de sus labios al decir:

—Yo soy Baba Gitananda. Aquí me tienes, amigo mío.

El Maestro dice: Porque tenemos la mente llena de prejuicios, convencionalismo y toda clase de ideas preconcebidas, se perturba nuestra visión y se distorsiona nuestro discernimiento.

El viajero sediento

Lentamente, el sol se había ido ocultando y la noche había caído por completo. Por la inmensa planicie de la India se deslizaba un tren como una descomunal serpiente quejumbrosa. Varios hombres compartían un departamento y, como quedaban muchas horas para llegar al destino, decidieron apagar la luz y ponerse a dormir. El tren proseguía su marcha. Transcurrieron los minutos y los viajeros empezaron a conciliar el sueño. Llevaban ya un buen número de horas de viaje y estaban muy cansados. De repente, empezó a escucharse una voz que decía:

—¡Ay, qué sed tengo! ¡Ay, qué sed tengo!

Así una y otra vez, insistente y monótonamente. Era uno de los viajeros que no cesaba de quejarse de su sed, impidiendo dormir al resto de sus compañeros. Ya resultaba tan molesta y repetitiva su queja, que uno de los viajeros se levantó, salió del departamento, fue al lavabo y le trajo un vaso de agua. El hombre sediento bebió con avidez el agua. Todos se echaron de nuevo. Otra vez se apagó la luz. Los viajeros, reconfortados, se dispusieron a dormir. Transcurrieron unos minutos. Y, de repente, la misma voz de antes comenzó a decir:

—¡Ay, qué sed tenía, pero qué sed tenía!

El Maestro dice: La mente siempre tiene problemas. Cuando no tiene problemas reales, fabrica problemas imaginarios y ficticios, teniendo incluso que buscar soluciones imaginarias y ficticias.

El tigre que balaba

Al atacar a un rebaño, una tigresa dio a luz y poco después murió. El cachorro creció entre las ovejas y llegó él mismo a tomarse por una de ellas, y como una oveja llegó a ser considerado y tratado por el rebaño. Era sumamente apacible, pacía y balaba, ignorando por completo su verdadera naturaleza. Así transcurrieron algunos años.

Un día llegó un tigre hasta el rebaño y lo atacó. Se quedó estupefacto cuando comprobó que entre las ovejas había un tigre que se comportaba como una oveja más. No pudo por menos que decirle:

—Oye, ¿por qué te comportas como una oveja, si tú eres un tigre?

Pero el tigre-oveja baló asustado. Entonces el tigre lo condujo ante un lago y le mostró su propia imagen. Pero el tigre-oveja seguía creyéndose una oveja, hasta tal punto que cuando el tigre recién llegado le dio un trozo de carne ni siquiera quiso probarla.

—Pruébala —le ordenó el tigre.

Asustado, sin dejar de balar, el tigre-oveja probó la carne. En ese momento la carne cruda desató sus instintos de tigre y reconoció de golpe su verdadera y propia naturaleza.

El Maestro dice: El ser humano común está tan identificado con la burda máscara de su personalidad y su ego que desconoce su genuina y real naturaleza.

La llave de la felicidad

El Divino se sentía solo y quería hallarse acompañado. Entonces decidió crear unos seres que pudieran hacerle compañía. Pero cierto día, estos seres encontraron la llave de la felicidad, siguieron el camino hacia el Divino y se reabsorbieron en Él.

Dios se quedó triste, nuevamente solo. Reflexioné. Pensó que había llegado el momento de crear al ser humano, pero temió que este pudiera descubrir la llave de la felicidad, encontrar el camino hacia El y volver a quedarse solo. Siguió reflexionando y se preguntó dónde podría ocultar la llave de la felicidad para que el hombre no diese con ella. Tenía, desde luego, que esconderla en un lugar recóndito donde el hombre no pudiese hallarla. Primero pensó en ocultarla en el fondo del mar; luego, en una caverna de los Himalayas; después, en un remotísimo confín del espacio sideral. Pero no se sintió satisfecho con estos lugares. Pasó toda la noche en vela, preguntándose cuál sería el lugar seguro para ocultar la llave de la felicidad. Pensó que el hombre terminaría descendiendo a lo más abismal de los océanos y que allí la llave no estaría segura. Tampoco lo estaría en una gruta de los Himalayas, porque antes o después hallaría esas tierras. Ni siquiera estaría bien oculta en los vastos espacios siderales, porque un día el hombre exploraría todo el universo. «¿Dónde ocultarla?», continuaba preguntándose al amanecer. Y cuando el sol comenzaba a disipar la bruma matutina, al Divino se le ocurrió de súbito el único lugar en el que el hombre no buscaría la llave de la felicidad: dentro del hombre mismo. Creó al ser humano y en su interior colocó la llave de la felicidad.

El Maestro dice: Busca dentro de ti mismo. «Desafía» a Dios y róbale la suprema felicidad.

Una insensata búsqueda

Una mujer estaba buscando afanosamente algo alrededor de un farol. Entonces un transeúnte pasó junto a ella y se detuvo a contemplarla. No pudo por menos que preguntar:

—Buena mujer, ¿qué se te ha perdido?, ¿qué buscas?

Sin poder dejar de gemir, la mujer, con la voz entrecortada por los sollozos, pudo responder a duras penas:

—Busco una aguja que he perdido en mi casa, pero como allí no hay luz, he venido a buscarla junto a este farol.

El Maestro dice: No quieras encontrar fuera de ti mismo lo que solo dentro de ti puede ser hallado.

Un preso singular

Era un hombre que había sido encarcelado. A través de un ventanuco enrejado que había en su celda gustaba de mirar al exterior. Todos los días se asomaba al ventanuco, y, cada vez que veía pasar a alguien al otro lado de las rejas, estallaba en sonoras e irrefrenables carcajadas. El guardián estaba realmente sorprendido. Un día ya no pudo por menos que preguntar al preso:

—Oye, hombre, ¿a qué vienen todas esas risotadas día tras día?

Y el preso contestó:

—¿Cómo que de qué me río? ¡Pero estás ciego! Me río de todos esos que hay ahí. ¿No ves que están presos detrás de estas rejas?

El Maestro dice: Por falta de discernimiento puro, no solo estás en cautiverio, sino que ni siquiera llegas a darte cuenta de que lo estás.

De instante en instante

Era un yogui muy anciano. Ni siquiera él mismo recordaba sus años, pero había mantenido la consciencia clara como un diamante, aunque su rostro estaba apergaminado y su cuerpo se había tomado frágil como el de un pajarillo. Al despuntar el día se hallaba efectuando sus abluciones en las frescas aguas del río. Entonces llegaron hasta él algunos aspirantes espirituales y le preguntaron qué debían hacer para adiestrarse en la verdad. El anciano los miró con infinito amor y, tras unos segundos de silencio pleno, dijo:

—Yo me aplico del siguiente modo: Cuando como, como; cuando duermo, duermo; cuando hago mis abluciones, hago mis abluciones, y cuando muero, muero.

Y al concluir sus palabras, se murió, abandonando junto a la orilla del río su decrépito cuerpo.

El Maestro dice: La verdad no es una abstracción ni un concepto. Cuando la actitud es la correcta, la verdad se cultiva aquí y ahora, de instante en instante.

El atolladero

He aquí que un hombre entró en una pollería. Vio un pollo colgado y, dirigiéndose al pollero, le dijo:

—Buen hombre, tengo esta noche en casa una cena para unos amigos y necesito un pollo. ¿Cuánto pesa este?

El pollero repuso:

—Dos kilos, señor.

El cliente meció ligeramente la cabeza en un gesto dubitativo y dijo:

—Este no me vale entonces. Sin duda, necesito uno más grande.

Era el único pollo que quedaba en la tienda. El resto de los pollos se habían vendido. El pollero, empero, no estaba dispuesto a dejar pasar la ocasión. Cogió el pollo y se retiró a la trastienda, mientras iba explicando al cliente:

—No se preocupe, señor, enseguida le traeré un pollo mayor.

Permaneció unos segundos en la trastienda. Acto seguido apareció con el mismo pollo entre las manos, y dijo:

—Este es mayor, señor. Espero que sea de su agrado.

—¿Cuánto pesa este? —preguntó el cliente.

—Tres kilos —contestó el pollero sin dudarlo un instante.

Y entonces el cliente dijo:

—Bueno, me quedo con los dos.

El Maestro dice: En un atolladero tal se halla todo aspirante espiritual cuando verdaderamente no se compromete con la Búsqueda.

El brahmín astuto

Era en el norte de la India, allí donde las montañas son tan elevadas que parece como si quisieran acariciar las nubes con sus picos. En un pueblecillo perdido en la inmensidad del Himalaya se reunieron un asceta, un peregrino y un brahmín. Comenzaron a comentar cuánto dedicaban a Dios cada uno de ellos de aquellas limosnas que recibían de los fieles. El asceta dijo:

—Mirad, yo lo que acostumbro a hacer es trazar un círculo en el suelo y lanzar las monedas al aire. Las que caen dentro del círculo me las quedo para mis necesidades y las que caen fuera del círculo se las ofrendo al Divino.

Entonces intervino el peregrino para explicar:

—Sí, también yo hago un círculo en el suelo y procedo de la misma manera, pero, por el contrario, me quedo para mis necesidades con las monedas que caen fuera del círculo y doy al Señor las que caen dentro del mismo.

Por último habló el brahmín para expresarse de la siguiente forma:

— También yo, queridos compañeros, dibujo un círculo en el suelo y lanzo las monedas al aire. Las que no caen, son para Dios y las que caen las guardo para mis necesidades.

El Maestro dice: Así proceden muchas personas que se dicen religiosas. Tienen dos rostros y uno es todavía más falso que el otro.

El perro aterrado y la percepción errónea

Se trataba de un perro callejero. Le gustaba curiosear todos los rincones e ir de aquí para allá. Siempre había sido un vagabundo y disfrutaba mucho con su forma de vida. Pero en una ocasión penetró en un palacio cuyas paredes estaban recubiertas de espejos. El perro entró corriendo en una de sus acristaladas estancias y al instante vio que innumerables perros corrían hacia él en dirección opuesta a la suya. Aterrado, se volvió hacia la derecha para tratar de huir, pero entonces comprobó que también había gran número de perros en esa dirección. Se volvió hacia la izquierda y comenzó a ladrar despavorido. Decenas de perros, por la izquierda, le ladraban amenazantes. Sintió que estaba rodeado de furiosos perros y que no tenía escapatoria. Miró en todas las direcciones y en todas contempló perros enemigos que no dejaban de ladrarle. En ese momento el terror paralizó su corazón y murió víctima de la angustia.

El Maestro dice: La percepción errónea conduce a la muerte espiritual. Solo el discernimiento purificado abre una vía hacia el despertar definitivo.

Pleito a la luz

He aquí que un día la oscuridad se percató de que la luz cada vez le estaba robando mayor espacio y decidió entonces ponerle un pleito. Tiempo después, llegó el día marcado para el juicio. La luz se personó en la sala antes de que lo hiciera la oscuridad. Llegaron los respectivos abogados y el juez. Transcurrió el tiempo, pero la oscuridad no se presentaba. Todos esperaron pacientemente, pero la oscuridad no aparecía. Finalmente, harto el juez y constatando que la parte demandante no acudía, falló a favor de la luz. ¿Qué había sucedido? ¿Cómo era posible que la oscuridad hubiera puesto un pleito y no se hubiera presentado? Nadie salía de su asombro, aunque la explicación era sencilla: la oscuridad estaba fuera de la sala, pero no se atrevió a entrar porque sabía que sería en el acto disipada por la luz.

El Maestro dice: La luz es consciencia y sabiduría, en tanto que la oscuridad es ofuscación y estrechez de miras. Si te estableces en la sabiduría, ¿hay lugar para la ofuscación?

La verdad... ¿Es la verdad?

El rey había entrado en un estado de honda reflexión durante los últimos días. Estaba pensativo y ausente. Se hacía muchas preguntas, entre otras por qué los seres humanos no eran mejores. Sin poder resolver este último interrogante, pidió que trajeran a su presencia a un ermitaño que moraba en un bosque cercano y que llevaba años dedicado a la meditación, habiendo cobrado fama de sabio y ecuánime. Solo porque se lo exigieron, el eremita abandonó la inmensa paz del bosque.

—Señor, ¿qué deseas de mí? —preguntó ante el meditabundo monarca.

—He oído hablar mucho de ti —dijo el rey—. Sé que apenas hablas, que no gustas de honores ni placeres, que no haces diferencia entre un trozo de oro y uno de arcilla, pero todos dicen que eres un sabio.

—La gente dice, señor —repuso indiferente el ermitaño.

—A propósito de la gente quiero preguntarte —dijo el monarca—. ¿Cómo lograr que la gente sea mejor?

—Puedo decirte, señor —repuso el ermitaño—, que las leyes por sí mismas no bastan, en absoluto, para hacer mejor a la gente. El ser humano tiene que cultivar ciertas actitudes y practicar ciertos métodos para alcanzar la verdad de orden superior y la clara comprensión. Esa verdad de orden superior tiene, desde luego, muy poco que ver con la verdad ordinaria.

El rey se quedó dubitativo. Luego reaccionó para replicar:

—De lo que no hay duda, ermitaño, es de que yo, al menos, puedo lograr que la gente diga la verdad; al menos puedo conseguir que sean veraces.

El eremita sonrió levemente, pero nada dijo. Guardó un noble silencio.

El rey decidió establecer un patíbulo en el puente que servía de acceso a la ciudad. Un escuadrón a las órdenes de un capitán revisaba a todo aquel que entraba a la ciudad. Se hizo público lo siguiente: «Toda persona que quiera entrar en la ciudad será previamente interrogada. Si dice la verdad, podrá entrar. Si miente, será conducida al patíbulo y ahorcada».

Amanecía. El ermitaño, tras meditar toda la noche, se puso en marcha hacia la ciudad. Su amado bosque quedaba a sus espaldas. Caminaba con lentitud. Avanzó hacia el puente. El capitán se interpuso en su camino y le preguntó:

—¿Adónde vas?

—Voy camino de la horca para que podáis ahorcarme —repuso sereno el eremita.

El capitán aseveró:

—No lo creo.

—Pues bien, capitán, si he mentido, ahórcame.

—Pero si te ahorcamos por haber mentido —repuso el capitán—, habremos convertido en cierto lo que has dicho y, en ese caso, no te habremos ahorcado por mentir, sino por decir la verdad.

—Así es —afirmó el ermitaño—. Ahora usted sabe lo que es la verdad... ¡Su verdad!

El Maestro dice: El aferramiento a los puntos de vista es una traba mental y un fuerte obstáculo en el viaje interior.

El hombre ecuánime

Era un hombre querido por todos. Vivía en un pueblo en el interior de la India, había enviudado y tenía un hijo. Poseía un caballo, y un día, al despertarse por la mañana y acudir al establo para dar de comer al animal, comprobó que se había escapado. La noticia corrió por el pueblo y vinieron a verlo los vecinos para decirle:

—¡Qué mala suerte has tenido! Para un caballo que poseías y se ha marchado.

—Sí, sí, así es; se ha marchado —dijo el hombre.

Transcurrieron unos días, y una soleada mañana, cuando el hombre salía de su casa, se encontró con que en la puerta no solo estaba su caballo, sino que había traído otro con él. Vinieron a verlo los vecinos y le dijeron:

—¡Qué buena suerte la tuya! No solo has recuperado tu caballo, sino que ahora tienes dos.

—Sí, sí, así es —dijo el hombre.

Al disponer de dos caballos, ahora podía salir a montar con su hijo. A menudo padre e hijo galopaban uno junto al otro. Pero he aquí que un día el hijo se cayó del caballo y se fracturó una pierna. Cuando los vecinos vinieron a ver al hombre, comentaron:

—¡Qué mala suerte, verdadera mala suerte! Si no hubiera venido ese segundo caballo, tu hijo estaría bien.

—Sí, sí, así es —dijo el hombre tranquilamente.

Pasaron un par de semanas. Estalló la guerra. Todos los jóvenes del pueblo fueron movilizados, menos el muchacho que tenía la pierna fracturada. Los vecinos vinieron a visitar al hombre, y exclamaron:

—¡Qué buena suerte la tuya! Tu hijo se ha librado de la guerra.

—Sí, sí, así es —repuso serenamente el hombre ecuánime.

El Maestro dice: Para el que sabe ver el curso de la existencia fenoménica, no hay mayor bien que la firmeza de la mente y de ánimo.

La madera de sándalo

Era un hombre que había oído hablar mucho de la preciosa y aromática madera de sándalo, pero que nunca había tenido ocasión de verla. Había surgido en él un fuerte deseo por conocer la apreciada madera de sándalo. Para satisfacer su propósito, decidió escribir a todos sus amigos y solicitarles un trozo de madera de esta clase. Pensó que alguno tendría la bondad de enviársela. Así, comenzó a escribir cartas y cartas, durante varios días, siempre con el mismo ruego: «Por favor, enviadme madera de sándalo». Pero un día, de súbito, mientras estaba ante el papel, pensativo, mordisqueé el lápiz con el que tantas cartas escribiera, y de repente olió la madera del lápiz y descubrió que era de sándalo.

El Maestro dice: Si la percepción está embotada, se estrella en las apariencias de las cosas.

Si dañas, me dañas

Parvati es una de las diosas más amorosa, benevolente y misericordiosa del panteón hindú. Es la consorte de Shiva y se manifiesta como extraordinariamente compasiva. Cierto día, uno de sus hijos, Kartikeya, hirió a una gata con sus uñas. De regreso a casa, corrió hasta su madre para darle un beso. Pero al aproximarse al bello rostro de la diosa, se dio cuenta de que esta tenía un arañazo en la mejilla.

—Madre —dijo Kartikeya—, hay una herida en tu mejilla. ¿Qué te ha sucedido?

Con sus ojos de noche inmensa y profunda, la amorosa diosa miró a su querido hijo. Era su voz melancólica y dulce cuando explicó:

—Se trata de un arañazo hecho con tus uñas.

—Pero, madre —se apresuró a decir el joven—, yo jamás osaría dañarte en lo más mínimo. No hay ser al que yo ame tanto como a ti, querida madre.

Una refrescante sonrisa de aurora se dibujó en los labios de la diosa.

—Hijo mío —dijo—, ¿acaso has olvidado que esta mañana arañaste a una gata?

—Así fue, madre —repuso Kartikeya.

—Pues, hijo mío, ¿es que no sabes ya que nada existe en este mundo excepto yo? ¿No soy misma la creación entera? Al arañar a esa gata, me estabas arañando a mí misma.

El Maestro dice: Al herir; te hieres. A quienquiera que dañes, te dañas a ti mismo.

El pez y la tortuga

Amanecía. Los primeros rayos del sol se reflejaban en las aguas azules del mar de Arabia. Una tortuga salía de su sueño profundo y se desperezaba en la playa. Abrió los ojillos y, de repente, vio un pez que sacaba la cabeza del agua. Cuando el pez se percató de la presencia de la tortuga, le preguntó:

—Amiga tortuga, presiento que hay sabiduría en tu corazón y quiero hacerte una pregunta: ¿qué es el agua?

La tortuga no respondió al instante. No podía creer lo que le estaba preguntando aquel pez que estaba cerca de ella. Cuando se dio cuenta de que no estaba durmiendo y el suceso no era parte de un sueño, repuso:

—Amigo pez, has nacido en el agua, en el agua estás viviendo y en el agua hallarás la muerte. Alrededor de tu cuerpo hay agua y agua hay dentro de tu cuerpo. Te alimentas de lo que en el agua encuentras y en el agua te reproduces. ¡Y tú, pez necio, me preguntas qué es el agua!

El Maestro dice: Ignorante como ese pez, naces, vives y mueres en el Ser y gracias al Ser y, empero, como ese pez que desconoce el agua en la que mora, tú ignoras la Realidad en la que habitas.

Una caña de bambú para el más tonto

Existía un próspero reino en el norte de la India. Su monarca había alcanzado ya una edad avanzada. Un día hizo llamar a un yogui que vivía dedicado a la meditación profunda en el bosque y le dijo:

—Hombre piadoso, tu rey quiere que tomes esta caña de bambú y que recorras todo el reino con ella. Te diré lo que debes hacer. Viajarás sin descanso de ciudad en ciudad, de pueblo en pueblo y de aldea en aldea. Cuando encuentres a una persona que consideres la más tonta, deberás entregarle esta caña.

—Aunque no reconozca otro rey que mi verdadero yo interior, señor, habré de hacer lo que me dices por complacerte. Me pondré en camino enseguida.

El yogui cogió la caña que le había dado el monarca y partió raudo. Viajó sin descanso, llagando sus pies por todos los caminos de la India. Recorrió muchos lugares y conoció muchas personas, pero no halló ningún ser humano al que considerase el más tonto. Transcurrieron algunos meses y volvió hasta el palacio del rey. Tuvo noticias de que el monarca había enfermado de gravedad y corrió hasta sus aposentos. Los médicos le explicaron al yogui que el rey estaba en la antesala de la muerte y se esperaba un fatal desenlace en minutos. El yogui se aproximó al lecho del moribundo. Con voz quebrada pero audible, el monarca se lamentaba:

—¡Qué desafortunado soy, qué desafortunado! Toda mi vida acumulando enormes riquezas y, ¿qué haré ahora para llevarlas conmigo? ¡No quiero dejarlas, no quiero dejarlas!

El yogui entregó la caña de bambú al rey.

El Maestro dice: Puedes ser un monarca, pero de nada sirve si tu actitud es la de un mendigo. Solo aquello que acumulas dentro de ti mismo te pertenece. No hay otro tesoro que el amor.

La paloma y la rosa

La incipiente claridad del día comenzaba a disipar las tinieblas de una noche tibia y hermosa. Una paloma, revoloteando y revoloteando, penetró en un pequeño y recoleto templo de la India. Todas las paredes estaban adornadas de espejos y en ellos se reflejaba la imagen de una rosa que había situada, como ofrenda, en el centro del altar. La paloma, tomando las imágenes por la rosa misma, se abalanzó contra ellas, chocando violentamente una y otra vez contra las acristaladas paredes del templo, hasta que, al final, su frágil cuerpo reventó y halló la muerte. Entonces, el cuerpo de la paloma, todavía caliente, cayó justo sobre la rosa.

El Maestro dice: No apuntes a las apariencias, sino a la Realidad. No te extravíes en la diversidad, sino que debes establecerte en la Unidad.

Los brazaletes de oro

Había una mujer que, a fuerza de una actitud recta y perseverante, había obtenido grandes logros espirituales. Aunque desposada, siempre hallaba tiempo para conectar con su Realidad primordial. Desde niña, había lucido en las muñecas brazaletes de cristal. La vida se iba consumiendo inexorablemente, como el rocío se derrite cuando brotan los primeros rayos del sol. Ya no era joven, y las arrugas dejaban sus huellas indelebles en su rostro. ¿Acaso en todo encuentro no está ya presente la separación? Un día, su amado esposo fue tocado por la dama de la muerte y su cuerpo quedó tan frío como los cantos rodados del riachuelo en el que hacía sus abluciones. Cuando el cadáver fue incinerado, la mujer se despojó de los brazaletes de cristal y se colocó unos de oro. La gente del pueblo no pudo por menos que sorprenderse. ¿A qué venía ahora ese cambio? ¿Por qué en tan dolorosos momentos abandonaba los brazaletes de cristal y tomaba los de oro? Algunas personas fueron hasta su casa y le preguntaron la razón de ese proceder. La mujer hizo pasar a los visitantes. Parsimoniosamente, con la paz propia de aquel que comprende y acepta el devenir de los acontecimientos, preparó un sabroso té especiado. Mientras los invitados saboreaban el líquido humeante, la mujer dijo:

—¿Por qué os sorprendéis? Antes, mi marido era tan frágil como los brazaletes de cristal, pero ahora él es fuerte y permanente como estos brazaletes de oro.

El Maestro dice: ¿A quién no alcanza la muerte del cuerpo? Pero aquello que realmente anima el cuerpo es vigoroso y perdurable.

Un yogui al borde del camino

Era un yogui errante que había obtenido un gran progreso interior. Se sentó a la orilla de un camino y, de manera natural, entró en éxtasis. Estaba en tan elevado estado de consciencia que se encontraba ausente de todo lo circundante. Poco después pasó por el lugar un ladrón y, al verlo, se dijo: «Este hombre, no me cabe duda, debe ser un ladrón que, tras haber pasado toda la noche robando, ahora se ha quedado dormido. Voy a irme a toda velocidad no vaya a ser que venga un policía a prenderle a él y también me coja a mí». Y huyó corriendo. No mucho después, fue un borracho el que pasó por el lugar. Iba dando tumbos y apenas podía tenerse en pie. Miró al hombre sentado al borde del camino y pensó: «Este está realmente como una cuba. Ha bebido tanto que no puede ni moverse». Y, tambaleándose, se alejó. Por último, pasó un genuino buscador espiritual y, al contemplar al yogui, se sentó a su lado, se inclinó y besó sus pies.

El Maestro dice: Así como cada uno proyecta lo que lleva dentro, así el sabio reconoce al sabio.

El conductor borracho

Por un sinuoso camino y a gran velocidad, un hombre borracho conducía su carro. De repente, perdió el control del carro, se salió del trayecto y se precipitó contra una charca pestilente. Varias personas, al ver el accidente, corrieron al lugar y ayudaron a incorporarse al conductor. No podía ocultar su borrachera y, entonces, uno de sus auxiliadores le dijo:

—Pero, ¿es que no ha leído usted el célebre tratado de Naraín Gupta extendiéndose sobre los efectos perjudiciales del alcohol?

Y el ebrio conductor, sin dejar de hipar, tartamudeó:

—Yo soy Naraín Gupta.

El Maestro dice: Así procede el falso gurú.

Cada hombre una doctrina

Era un discípulo honesto y de buen corazón, pero todavía su mente era un juego de luces y sombras y no había recobrado la comprensión amplia y conciliadora de una mente sin trabas. Como su motivación era sincera, estudiaba sin cesar y comparaba credos, filosofías y doctrinas. Realmente llegó a estar muy desconcertado al comprobar la proliferación de tantas enseñanzas y vías espirituales. Así, cuando tuvo ocasión de entrevistarse con su instructor espiritual, dijo:

—Estoy confundido. ¿Acaso no existen demasiadas religiones, demasiadas sendas místicas, demasiadas doctrinas si la verdad es una?

Y el maestro repuso con firmeza:

—¡Qué dices, insensato! Cada hombre es una enseñanza, una doctrina.

El Maestro dice: Aunque haya muchas vías, en última instancia sigue tu propia senda interior.

El marido desconfiado

Al llegar a una edad avanzada, y tras una vida hogareña de alegrías y sufrimientos cotidianos, unos esposos decidieron renunciar a la vida mundana y dedicar el resto de sus existencias a la meditación y a peregrinar a los más sacrosantos santuarios. En una ocasión, de camino a un templo himalayo, el marido vio en el sendero un fabuloso diamante. Con gran rapidez, colocó uno de sus pies sobre la joya para ocultarla, pensando que, si su mujer la veía, tal vez surgiera en ella un sentimiento de codicia que pudiese contaminar su mente y retrasar su evolución mística. Pero la mujer descubrió la estratagema de su marido y con voz ecuánime y apacible comentó:

—Querido, me gustaría saber por qué has renunciado al mundo si todavía haces distinción entre el diamante y el polvo.

El Maestro dice: Para aquel que se ha establecido en la Realidad, ganancia y pérdida, victoria y derrota, son impostores, porque el que ve con sabiduría no hace distinción entre uno y otro.

Los monos

Era un aspirante espiritual con mucha motivación, pero tenía una mente muy dispersa. Tuvo noticias de un sobresaliente mentor y no dudó en desplazarse hasta donde vivía y decirle:

—Respetado maestro, perdona que te moleste, pero mi gratitud sería enorme si pudieras proporcionarme un tema de meditación, puesto que tengo decidido retirarme al bosque durante unas semanas para meditar sin descanso.

—Me complace tu decisión. Ve al bosque y estate contigo mismo. Puedes meditar en todo aquello que quieras, excepto en monos. Trae lo que quieras a tu mente, pero no pienses en monos.

El discípulo se sintió muy contento, diciendo: «¡Qué fácil es el tema que me ha proporcionado el maestro!; sí, realmente sencillo». Se retiró a un frondoso bosque y dispuso una cabaña para la meditación. Transcurrieron las semanas y el aspirante puso término al retiro. Regresó junto al mentor, y este, nada más verlo, preguntó:

—¿Qué tal te ha ido?

Apesadumbrado, el aspirante repuso:

—Ha sido agotador. Traté incansablemente de pensar en algo que no fuesen monos, pero los monos iban y venían por mi mente sin poderlo evitar. En realidad, llegó un momento en que solo pensaba en monos.

El Maestro dice: La mente es amiga y enemiga; es una mala dueña, pero una buena aliada. Por eso es necesario aprender a contener el pensamiento y poner la mente bajo el yugo de la voluntad.

Un ermitaño en la corte

En la corte real tuvo lugar un fastuoso banquete. Todo se había dispuesto de tal manera que cada persona se sentaba a la mesa de acuerdo con su rango. Todavía no había llegado el monarca al banquete, cuando apareció un ermitaño muy pobremente vestido y al que todos tomaron por un pordiosero. Sin vacilar un instante, el ermitaño se sentó en el lugar de mayor importancia. Este insólito comportamiento indignó al primer ministro, quien, ásperamente, le preguntó:

—¿Acaso eres un visir?

—Mi rango es superior al de visir —repuso el ermitaño.

—¿Acaso eres un primer ministro?

—Mi rango es superior al de primer ministro.

Enfurecido, el primer ministro inquirió:

—¿Acaso eres el mismo rey?

—Mi rango es superior al del rey.

—¿Acaso eres Dios? —preguntó mordazmente el primer ministro.

—Mi rango es superior al de Dios.

Fuera de sí, el primer ministro vociferó:

—¡Nada es superior a Dios!

Y el ermitaño dijo con mucha calma:

—Ahora sabes mi identidad. Esa nada soy yo.

El Maestro dice: Más allá de todas las categorías y dualidades, del ego y los conceptos, está aquel que ha liberado su mente.

Nasrudín visita la India

El célebre y contradictorio personaje sufí Mulla Nasrudín visitó la India. Llegó a Calcuta y comenzó a pasear por una de sus abigarradas calles.

De repente, vio a un hombre que estaba en cuclillas vendiendo lo que Nasrudín creyó que eran dulces, aunque en realidad se trataba de chiles picantes. Nasrudín era muy goloso y compró una gran cantidad de los supuestos dulces, dispuesto a darse un gran atracón. Estaba muy contento, se sentó en un parque y comenzó a comer chiles a dos carrillos. Nada más morder el primero de los chiles sintió fuego en el paladar. Eran tan picantes aquellos «dulces» que se le puso roja la punta de la nariz y comenzó a soltar lágrimas hasta los pies. No obstante, Nasrudín continuaba llevándose sin parar los chiles a la boca. Estornudaba, lloraba, hacía muecas de malestar, pero seguía devorando los chiles. Asombrado, un paseante se aproximó a él y le dijo:

—Amigo, ¿no sabe que los chiles solo se comen en pequeñas cantidades?

Casi sin poder hablar, Nasrudín comentó:

—Buen hombre, créeme, yo pensaba que estaba comprando dulces.

Pero Nasrudín seguía comiendo chiles. El paseante dijo:

—Bueno, está bien, pero ahora ya sabes que no son dulces. ¿Por qué sigues comiéndolos?

Entre toses y sollozos, Nasrudín dijo:

—Ya que he invertido en ellos mi dinero, no los voy a tirar.

El Maestro dice: No seas como Nasrudín. Toma lo mejor para tu evolución interior y arroja lo innecesario o pernicioso, aunque bayas invertido años en ello.

Ignorancia

Se trataba de dos amigos no demasiado inteligentes. Habían decidido hacer una marcha y dormir en un establo. Caminaron durante toda la jornada. Al anochecer se alojaron, como tenían previsto, en un establo del que previamente tenían noticias. Estaban muy cansados y durmieron profundamente; pero, de madrugada, una pesadilla despertó a uno de los amigos. Zarandeó a su compañero, despertándolo, y le dijo:

—Sal fuera y dime si ha amanecido. Comprueba si ha salido el sol.

El hombre salió y vio que todo estaba muy oscuro. Volvió al establo y explicó:

—Oye, está todo tan oscuro que no puedo ver si el sol ha salido.

—¡No seas idiota! —exclamó el compañero—. ¿Acaso no puedes encender la linterna para ver si ha salido?

El Maestro dice: Así procede muchas veces el ser humano en la búsqueda espiritual, sin utilizar el discernimiento correcto.

El anciano y el niño

Eran un anciano y un niño que viajaban con un burro de pueblo en pueblo.

Llegaron a una aldea caminando junto al asno y, al pasar por ella, un grupo de mozalbetes se rió de ellos gritando

—¡Mirad qué par de tontos! Tienen un burro y, en lugar de montarlo, van los dos andando a su lado. Por lo menos, el viejo podría subirse al burro.

Entonces el anciano se subió al burro y prosiguieron la marcha. Llegaron a otro pueblo y, al pasar por el mismo, algunas personas se llenaron de indignación cuando vieron al viejo sobre el burro y al niño caminando al lado. Dijeron:

—¡Parece mentira! ¡Qué desfachatez! El viejo sentado en el burro y pobre niño caminando.

Al salir del pueblo, el anciano y el niño intercambiaron sus puestos. Siguieron haciendo camino hasta llegar a otra aldea. Cuando las gentes los vieron, exclamaron escandalizados:

—¡Esto es verdaderamente intolerable! ¿Habéis visto algo semejante? El muchacho montado en el burro y el pobre anciano caminando a su lado. ¡Qué vergüenza!

Puestas así las cosas, el viejo y el niño compartieron el burro. El fiel jumento llevaba ahora el cuerpo de ambos sobre sus lomos. Cruzaron junto a un grupo de campesinos y estos comenzaron a vociferar:

—¡Sinvergüenzas! ¿Es que no tenéis corazón? ¡Vais a reventar al pobre animal!

El anciano y el niño optaron por cargar al burro sobre sus hombros. De este modo llegaron al siguiente pueblo. La gente se apiñó alrededor de ellos. Entre las carcajadas, los pueblerinos se mofaban gritando:

—Nunca hemos visto gente tan boba. Tienen un burro y, en lugar de montarse sobre él, lo llevan a cuestas. ¡Esto sí que es bueno! ¡Qué par de tontos!

De repente, el burro se revolvió, se precipitó en un barranco y murió.

El Maestro dice: Si escucháis las opiniones de los demás, acabaréis muertos como este burro. Cerrad los oídos a la opinión ajena. Que aquello que los demás censuran te sea indiferente. Escucha únicamente la voz de tu corazón y no te pierdas en opiniones ajenas.

El liberado-viviente
y el buscador

Un buscador espiritual viajó a la India en su afán por encontrar y entrevistar a un verdadero iluminado, a un jivanmukta o liberado-viviente. Viajó durante meses por el país. Se trasladó de los Himalayas al cabo de la Virgen, del estado de Maharahstra al de Bengala. Recorrió montañas, dunas, desiertos, ciudades y pueblos. Recabó mucha información y, por fin, halló, según todos los testimonios, un verdadero hombre realizado. Por fin, podría llevar a cabo su ansiado encuentro.

El graznido de los cuervos quebraba el silencio de una tarde apacible y dorada. El hombre realizado se hallaba bajo un frondoso rododendro en actitud meditativa. El visitante lo saludó cortésmente, se sentó a su lado y preguntó:

—Antes de que usted hallase la realización, ¿se deprimía?

—Sí, claro, a veces —repuso tranquilamente el jivanmukta.

El buscador hizo una segunda pregunta:

—Dígame, y ahora, después de su iluminación, ¿se deprime a veces?

Una leve y hermosa sonrisa se dibujó en los labios del jivanmukta. Penetró con sus límpidos ojos los de su interlocutor y contestó:

—Sí, claro, a veces, pero ya ni me importa ni me incumbe.

El Maestro dice: Cuando cesa la identificación con tus procesos psicomentales ya nada puede encadenarte ni implicarte. Eres como un bambú vacío por el que libremente circula la energía universal.

El falso maestro

Era un renombrado maestro; uno de esos maestros que corren tras la fama y gustan de acumular más y más discípulos. En una descomunal carpa, reunió a varios cientos de discípulos y seguidores. Se irguió sobre sí mismo, impostó la voz y dijo:

—Amados míos, escuchad la voz del que sabe.

Se hizo un gran silencio. Hubiera podido escucharse el vuelo precipitado de un mosquito.

—Nunca debéis relacionaros con la mujer de otro; nunca. Tampoco debéis jamás beber alcohol, ni alimentaros con carne.

Uno de los asistentes se atrevió a preguntar:

—El otro día, ¿no eras tú el que estabas abrazado a la esposa de Jai?

—Sí, yo era —repuso el maestro.

Entonces, otro oyente preguntó:

—¿No te vi a ti el otro anochecer bebiendo en la taberna?

—Ese era yo —contestó el maestro.

Un tercer hombre interrogó al maestro:

—¿No eras tú el que el otro día comprabas carne en el mercado?

—Efectivamente —afirmó el maestro:

En ese momento todos los asistentes se sintieron indignados y comenzaron a protestar.

—Entonces, ¿por qué nos pides a nosotros que no hagamos lo que tú haces?

Y el falso maestro repuso:

—Porque yo enseño, no practico.

El Maestro dice: Si no encuentras un verdadero maestro al que seguir, conviértete tú mismo en maestro. En última instancia, tú eres tu discípulo y tu maestro.

Si hubiera tenido un poco más de tiempo

Con algunos ahorros, un hombre de un pueblo de la India compró un burro joven. La persona que se lo vendió le previno de la cantidad de comida que tenía que procurarle todos los días. Pero el nuevo propietario pensó que tal cantidad era excesiva y comenzó a restar comida día a día al pollino. Hasta tal punto disminuyó la ración de alimento al asno que, un día, el pobre animal amaneció muerto. Entonces el hombre comenzó a gimotear y a lamentarse así:

—¡Qué desgracia! ¡Vaya fatalidad! Si me hubiera dado un poco más de tiempo antes de morirse, yo hubiera logrado que se acostumbrase a no comer nada en absoluto.

El Maestro dice: Como este hombre son algunos negligentes y «avaros» buscadores espirituales: quieren conquistar la Sabiduría sin ningún ejercitamiento espiritual.

El loro que pide libertad

Esta es la historia de un loro muy contradictorio. Desde hacía un buen número de años vivía enjaulado, y su propietario era un anciano al que el animal hacía compañía. Cierto día, el anciano invitó a un amigo a su casa a deleitar un sabroso té de Cachemira. Los dos hombres pasaron al salón donde, cerca de la ventana y en su jaula, estaba el loro. Se encontraban los dos hombres tomando el té, cuando el loro comenzó a gritar insistente y vehemente:

—¡Libertad, libertad, libertad!

No cesaba de pedir libertad. Durante todo el tiempo en que estuvo el invitado en la casa, el animal no dejó de reclamar libertad. Hasta tal punto era desgarradora su solicitud, que el invitado se sintió muy apenado y ni siquiera pudo terminar de saborear su taza. Estaba saliendo por la puerta y el loro seguía gritando: «¡Libertad, libertad!».

Pasaron dos días. El invitado no podía dejar de pensar con compasión en el loro. Tanto le atribulaba el estado del animalillo que decidió que era necesario ponerlo en libertad. Tramó un plan. Sabía cuándo dejaba el anciano su casa para ir a efectuar la compra. Iba a aprovechar esa ausencia y a liberar al pobre loro. Un día después, el invitado se apostó cerca de la casa del anciano y, en cuanto lo vio salir, corrió hacia su casa, abrió la puerta con una ganzúa y entró en el salón, donde el loro continuaba gritando: «¡Libertad, libertad!» Al invitado se le partía el corazón. ¿Quién no hubiera sentido piedad por el animalito? Presto, se acercó a la jaula y abrió la puertecilla de la misma. Entonces el loro, aterrado, se lanzó al lado opuesto de la jaula y se aferró con su pico y uñas a los barrotes de la jaula, negándose a abandonarla. El loro seguía gritando: «¡Libertad, libertad!»

El Maestro dice: Como este loro, son muchos los seres humanos que dicen querer madurar y hallar la libertad interior, pero que se han acostumbrado a su jaula interna y no quieren abandonarla.

Doce años después

Era un joven que había decidido seguir la vía de la evolución interior. Acudió a un maestro y le preguntó:

—Guruji, ¿qué instrucción debo seguir para hallar la verdad, para alcanzar la más alta sabiduría?

El maestro le dijo:

—He aquí, jovencito, todo lo que yo puedo decirte: todo es el Ser, la Conciencia Pura. De la misma manera que el agua se convierte en hielo, el Ser adopta todas las formas del universo. No hay nada excepto el Ser. Tú eres el Ser. Reconoce que eres el Ser y habrás alcanzado la verdad, la más alta sabiduría.

El aspirante no se sintió satisfecho. Dijo:

—¿Eso es todo? ¿No puedes decirme algo más?

—Tal es toda mi enseñanza —aseveró el maestro—. No puedo brindarte otra instrucción.

El joven se sentía muy decepcionado, pues esperaba que el maestro le hubiese facilitado una instrucción secreta y algunas técnicas muy especiales, incluso un misterioso mantra. Pero como realmente era un buscador genuino, aunque todavía muy ignorante, se dirigió a otro maestro y le pidió instrucción mística. Este segundo maestro dijo:

—No dudaré en proporcionártela, pero antes debes servirme durante doce años. Tendrás que trabajar muy duramente en mi ashram (comunidad espiritual). Por cierto, hay un trabajo ahora disponible. Se trata de recoger estiércol de búfalo.

Durante doce años, el joven trabajó en tan ingrata tarea. Por fin llegó el día en que se había cumplido el tiempo establecido por el maestro. Habían pasado doce años; doce años recogiendo estiércol de búfalo. Se dirigió al maestro y le dijo:

—Maestro, ya no soy tan joven como era. El tiempo ha transcurrido. Han pasado una docena de años. Por favor, entrégame ahora la instrucción.

El maestro sonrió. Parsimoniosa y amorosamente, colocó una de sus manos sobre el hombro del paciente discípulo, que despedía un rancio olor a estiércol. Declaró:

—Toma buena nota. Mi enseñanza es que todo es el Ser. Es el Ser el que se manifiesta en todas las formas del universo. Tú eres el Ser.

Espiritualmente maduro, al punto el discípulo comprendió la enseñanza y obtuvo iluminación. Pero cuando pasaron unos momento y reaccionó, dijo:

—Me desconcierta, maestro, que tú me hayas dado la misma enseñanza que otro maestro que conocí hace doce años. ¿Por qué habrá sido?

—Simplemente, porque la verdad no cambia en doce años; tu actitud ante ella, sí.

El Maestro dice: Cuando estás espiritualmente preparado, hasta contemplar una hoja que se desprende del árbol puede abrirte a la verdad.

El contrabandista

Todos sabían que era indiscutiblemente un contrabandista. Era incluso célebre por ello. Pero nadie había logrado jamás descubrirlo y mucho menos demostrarlo. Con frecuencia, cruzaba de la India a Pakistán a lomos de su burro, y los guardias, aun sospechando que contrabandeaba, no lograban obtener ninguna prueba de ello. Transcurrieron los años y el contrabandista, ya entrado en edad, se retiró a vivir apaciblemente a un pueblo de la India. Un día, uno de los guardias que acertó a pasar por allí se lo encontró y le dijo:

—Yo he dejado de ser guardia y tú de ser contrabandista. Quiero pedirte un favor. Dime ahora, amigo, qué contrabandeabas.

Y el hombre repuso:

—Burros.

El Maestro dice: Así el ser humano, en tanto no ha purificado su discernimiento, no logra ver la realidad.

Un santuario muy especial

En la India es bien conocida esta historia protagonizada por Nasrudín y que a continuación relatamos.

El padre de Nasrudín era el cuidador de un santuario muy célebre y visitado por una extraordinaria cantidad de fieles. Acudían a él toda suerte de devotos para rendir culto. Se había hecho muy famoso. A lo largo de los años, tanto había escuchado Nasrudín hablar sobre las verdades espirituales, que él mismo se propuso viajar y adquirir así un conocimiento directo sobre las mismas. Se despidió de su padre, quien, como regalo de despedida, le obsequió con un burro. Satisfecho, Nasrudín emprendió su viaje en busca de realidades supremas.

Nasrudín viajó incansablemente, siempre contando con la fidelidad de su pollino. Pero cierto día, el burro, que ya no era joven, se desplomó y murió. Su cansado corazón le había fallado. Nasrudín se sentó al lado de su amado burro muerto y comenzó a gemir dolorosamente. Los transeúntes se apiadaban de él y le hacían compañía por un rato. Algunos empezaron a poner ramas y hojas sobre el cadáver del burro, que, poco a poco, fue de esta manera ocultado. Otros echaron piedras y barro sobre las ramas y, así, después de un tiempo, se había formado un santuario sobre el burro muerto. Nasrudín seguía entristecido, y día tras día continuaba haciendo compañía al burro. Los peregrinos que acertaban a pasar por aquel lugar, al ver a un hombre sentado junto a un santuario, pensaron que debía tratarse del santuario de un gran maestro espiritual, por lo que también muchos de ellos pasaban una temporada junto al santuario. Ofrendaban frutas y dejaban buenas sumas de dinero. La noticia se iba propagando y empezaron a peregrinar al santuario fieles de las aldeas y pueblos de alrededor. Ya se aseguraba que era el santuario de un gran iluminado. Tanto dinero aportaron los fieles que, finalmente, Nasrudín hizo construir una enorme mezquita junto al santuario, visitada por millares de devotos de todas las latitudes. Acudían peregrinos, fieles e incluso maestros espirituales. Nasrudín se hizo rico y célebre. Tanto creció la fama de su santuario que las noticias llegaron a oídos de su padre. Este tomó la decisión de visitar a su hijo. Se encontraron después de años, y ambos sintieron una profunda alegría.

—Hijo mío —dijo el padre de Nasrudín—, no sabes hasta qué punto eres famoso. Tu santuario ha cobrado tanta celebridad que se oye hablar de él hasta en los confines del país. Pero, hijo, dime algo que quiero saber desde hace tiempo: ¿Qué gran iluminado yace en este santuario para que atraiga tantos devotos?

—¡Oh, padre! —exclamó Nasrudín—. Lo que voy a contarte es increíble. No puedes ni siquiera imaginártelo, padre mío. ¿Recuerdas el burro que me regalaste? Pues aquí está enterrado aquel pobre animal.

Entonces el padre de Nasrudín comentó:

—Hijo mío, ¡qué raros son los designios del destino! ¿Sabes una cosa? Ese fue también mi caso. El santuario que yo custodio es también el de un burro que a mí se me murió.

El Maestro dice: Si eres víctima de la superstición y sigues el culto a ciegas, eres más ignorante que el burro del santuario.

Medicina para curar el éxtasis

La encarnación divina de Gauranga había entrado en un éxtasis muy profundo. Ausente de todo, perdió el equilibrio y cayó al mar. Unos pescadores lo sacaron con sus redes y, al involucrarse con la encarnación divina, también ellos entraron en éxtasis. Sintiéndose muy felices, ebrios de gozo espiritual, dejaron su trabajo y comenzaron a ir de un lado para otro sin dejar de recitar el nombre de Dios. Los parientes, cuando comprobaron que pasaban las horas y no salían de su trance místico, empezaron a preocuparse. Trataron entonces de sacarles del éxtasis, pero fracasaron en sus intentos. El tiempo transcurría y todos ellos seguían conectados con la Conciencia Cósmica, ausentes de la realidad cotidiana. Impotentes y alarmados, los parientes pidieron consejo al mismo Gauranga, quien les aconsejó:

—Id a casa de un sacerdote, coged un poco de arroz, ponedlo en la boca de los pescadores y os aseguro que se curarán de su éxtasis.

Los parientes cogieron el arroz de casa de un sacerdote y lo pusieron en la boca de los pescadores. En el acto, el arroz del sacerdote se encargó de sacarlos del éxtasis y volvieron todos a su estado ordinario de consciencia.

El Maestro dice: Muchos sacerdotes solo son profesionales de la religión, sin corazón puro ni conducta impecable.

El gurú falaz

Las lluvias monzónicas habían llegado a la India. Era un día oscuro y llovía torrencialmente. Un discípulo corría para protegerse de la lluvia cuando lo vio su maestro y le increpó:

—Pero, ¿cómo te atreves a huir de la generosidad del Divino?, ¿por qué osas refugiarte del líquido celestial? Eres un aspirante espiritual y como tal deberías tener muy en cuenta que la lluvia es un precioso obsequio para toda la humanidad.

El discípulo no pudo por menos que sentirse profundamente avergonzado. Comenzó a caminar muy lentamente, calándose hasta los huesos, hasta que al final llegó a su casa. Por culpa de la lluvia cogió un persistente resfriado.

Transcurrieron los días. Una mañana estaba el discípulo sentado en el porche de su casa leyendo las escrituras. Levantó un momento los ojos y vio a su gurú corriendo tanto como sus piernas se lo permitían, a fin de llegar a algún lugar que lo protegiera de la lluvia.

—Maestro —le dijo—, ¿por qué huyes de las bendiciones divinas? ¿No eres tú ahora el que desprecias el obsequio divino? ¿Acaso no estás huyendo del agua celestial?

Y el gurú repuso:

—¡Oh, ignorante e insensato! ¿No tienes ojos para ver que lo que no quiero es profanarla con los pies?

El Maestro dice: Los que no ejemplifican sus palabras con sus actos siempre encuentran una manera de justificarse.

La imperturbabilidad del Buda

Durante muchos años el Buda se dedicó a recorrer ciudades, pueblos y aldeas impartiendo la Enseñanza, siempre con infinita compasión. Pero en todas partes hay gente aviesa y desaprensiva. Así, a veces surgían personas que se encaraban al maestro y le insultaban acremente. El Buda jamás perdía la sonrisa y mantenía una calma imperturbable. Hasta tal punto conservaba la quietud y la expresión del rostro apacible, que un día los discípulos, extrañados, le preguntaron:

—Señor, ¿cómo puedes mantenerte tan sereno ante los insultos?

Y el Buda repuso:

—Ellos me insultan, ciertamente, pero yo no recojo el insulto.

El Maestro dice: Insultos o halagos, que te dejen tan imperturbable como la brisa de aire al abeto.

Las dos ranas

He aquí una rana que había vivido siempre en un mísero y estrecho pozo, donde había nacido y habría de morir. Pasó cerca de allí otra rana que había vivido siempre en el mar. Tropezó y se cayó en el pozo.

—¿De dónde vienes? —preguntó la rana del pozo.

—Del mar.

—¿Es grande el mar?

—Extraordinariamente grande, inmenso.

La rana del pozo se quedó unos momentos muy pensativa y luego preguntó:

—¿Es el mar tan grande como mi pozo?

—¡Cómo puedes comparar tu pozo con el mar? Te digo que el mar es excepcionalmente grande, descomunal.

Pero la rana del pozo, fuera de sí por la ira, aseveró:

—Mentira, no puede haber nada más grande que mi pozo; ¡nada! ¡Eres una mentirosa y ahora mismo te echaré de aquí!

El Maestro dice: Así procede el hombre fanático y de miras estrechas.

Los sueños del rey

Había un monarca en un floreciente y próspero reino del norte de la India. Era rico y poderoso. Su padre le había enseñado a ser magnánimo y generoso, y, antes de fallecer, le había dicho:

—Hijo, cualquiera puede, por destino o por azar, tener mucho, pero lo importante no es tenerlo, sino saberlo dar y compartir. No hay peor cualidad que la avaricia. Sé siempre generoso. Tienes mucho, así que da mucho a los otros.

Durante algunos años, tras la muerte de su padre, el rey se mostró generoso y espléndido. Pero a partir de un día, poco a poco, se fue tomando avaro y no solo empezó a no compartir nada con los otros, sino que comenzó incluso a negarse hasta las necesidades básicas a sí mismo. Realmente se comportaba como un pordiosero. Su asistente personal, que también lo había sido de su padre, estaba tan preocupado que hizo llamar a un rishi* que vivía en una cueva en las altas montañas del Himalaya.

—Es increíble —se lamentó el asistente ante el rishi—. Es uno de los reyes más ricos y se comporta como un pordiosero. Te estaríamos todos muy agradecidos si pudieras descubrir la razón.

El asistente le pidió al rey que recibiera al rishi. El monarca convino:

_____
* Sabio

—De acuerdo, siempre que no vaya a solicitarme nada, ¡porque soy tan pobre!

El rishi y el monarca se encerraron en una de las cámaras del palacio. El rey iba vestido con harapos, sucio y maloliente, en contraste con el palacio esplendoroso en el que habitaba. Incluso iba descalzo y ni siquiera lucía ningún adorno real.

—Estoy arruinado —se quejó el rey.

—Pero, señor, eres rico y poderoso —replicó el rishi.

—No me vengas con zarandajas —dijo el monarca—. Nada puedes sacarme, porque nada tengo. Incluso cuando estos harapos se terminen de arruinar, ¿con qué cubriré mi cuerpo?

Y el rey se puso a llorar sin poder impedirlo.

Entonces el rishi entornó los ojos, concentró su mente y, como un punto de luz, se coló en el cerebro del monarca. Allí vio el sueño que tenía el rey noche tras noche: soñaba que era un mendigo, el más misérrimo de los mendigos. Y, de ese modo, aunque era un rey rico y poderoso, se comportaba como un pordiosero. Logró en días sucesivos enseñar al rey a que dominara sus pensamientos y cambiar la actitud de su mente. El monarca volvió a ser generoso, pero no consiguió que el rishi aceptara ningún obsequio.

El Maestro dice: Tal es el poder del pensamiento. Así como piensas y así eres. Conquista el pensamiento y te habrás conquistado a ti mismo.

Lo esencial y lo trivial

Un hombre se perdió en el desierto. Estaba a punto de perecer de sed cuando aparecieron algunas mujeres que venían en una caravana. El hombre, al borde de la muerte, gritó pidiendo auxilio. Cuando las mujeres se aproximaron a él y lo rodearon, pidió urgentemente agua. Las mujeres empezaron a mirarlo con detenimiento y comenzaron a preguntarse cómo querría el hombre que le sirvieran el agua. ¿Preferiría en copa de cristal o en una taza?, ¿en un recipiente de oro o de plata?, ¿tal vez en una jarra? Ellas hablaban y hablaban, interesándose por el objeto, pero, entretanto, el hombre iba agonizando por la ausencia de agua.

El Maestro dice: Hay un área de ignorancia en la mente humana que la inclina a lo irrelevante y trivial, obnubilando la consciencia de lo Real.

El asceta y la prostituta

Era un pueblo en el que vivían, frente a frente, un asceta y una prostituta. El asceta llevaba una vida de penitencia y rigor, apenas comiendo y durmiendo en una mísera choza. La mujer era visitada muy frecuentemente por hombres. Un día el asceta increpó a la prostituta:

—¿Qué forma de vida es la tuya, mujer perversa? Estás corrompida y corrompes a los demás. Insultas a Dios con tu comportamiento.

La mujer se sintió muy triste. En verdad deseaba llevar otra forma de vida, pero era muy difícil dadas sus condiciones. Aunque no podía cambiar su modo de conseguir unas monedas, se apenaba y lamentaba por tener que recurrir a la prostitución, y cada vez que era tomada por un hombre, dirigía su mente hacia el Divino. Por su parte, el asceta comprobó con enorme desagrado que la mujer seguía siendo visitada por toda clase de individuos. Adoptó la medida de coleccionar un guijarro por cada individuo que entrara en la casucha de la prostituta. Al cabo de un tiempo, tenía un buen montón de guijarros. Llamó a la prostituta y la recriminó:

—Mujer, eres terrible. ¿Ves estos guijarros? Cada uno de ellos suma uno de tus abominables pecados.

La mujer sintió gran tribulación. Deseó profundamente que Dios la apartase de ese modo de vida, y, unas semanas después, la muerte se la llevaba. Ese mismo día, por designios del inexorable destino, también murió el asceta, y he aquí que la mujer fue conducida a las regiones de la luz sublime y el asceta a las de las densas tinieblas. Al observar dónde lo llevaban, el asceta protestó enérgica y furiosamente por la injusticia que Dios cometía con él. Un mensajero del Divino le explicó:

—Te quejas de ser conducido a las regiones inferiores a pesar de haber gastado tu vida en austeridades y penitencias, y de que, en cambio, la mujer haya sido conducida a las regiones de la luz. Pero, ¿es que no comprendes que somos aquello que cosechamos? Echa un vistazo a la tierra. Allí yace tu cuerpo, rociado de perfume y cubierto de pétalos de rosa, honrado por todos, cortejado por músicos y plañideras, a punto para ser incinerado con todos los honores. En cambio, mira el cuerpo de la prostituta, abandonado a los buitres y chacales, ignorado por todos y por todos despreciado. Pero, sin embargo, ella cultivó pureza y elevados ideales para su corazón pensando en Dios constantemente, y tú, por el contrario, de tanto mirar el pecado, teñiste tu alma de impurezas. ¿Comprendes, pues, por qué cada uno vais a una región tan diferente?

El Maestro dice: Vigila tu actitud. Aprende a comprender y a tolerar. Discierne más allá de las apariencias.

¿Dónde está el décimo hombre?

Eran diez amigos. Todos ellos eran muy ignorantes. Decidieron ponerse de acuerdo para hacer una excursión. Querían divertirse un poco y pasar un buen día en el campo. Prepararon algunos alimentos, se reunieron a la salida del pueblo al amanecer y emprendieron la excursión. Iban caminando alegremente por los campos charlando sin cesar entre grandes carcajadas. Llegaron frente a un río y, para cruzarlo, cogieron una barcaza que había atada a un árbol. Se sentían muy contentos, bromeando y chapoteando en las aguas. Llegaron a la orilla opuesta y descendieron de la barcaza. ¡Estaba siendo un día estupendo! Ya en tierra, se contaron y descubrieron que solamente eran nueve. Pero, ¿dónde estaba el décimo de ellos? Empezaron a buscar al décimo hombre. No lo encontraban. Comenzaron a preocuparse y a lamentar su pérdida. ¿Se habrá ahogado? ¿Qué habrá sido de él? Trataron de serenarse y volvieron a contarse. Solo contaban nueve. La situación era angustiosa. Uno de ellos se había extraviado definitivamente. Comenzaron a gimotear y a quejarse. Entonces pasó por allí un vagabundo. Vio a los hombres que otra vez se estaban contando. El vagabundo descubrió enseguida lo que estaba pasando. Resulta que cada hombre olvidaba contarse a sí mismo. Entonces les Ríe propinando una bofetada a cada uno de ellos y les instó a que se contaran de nuevo. Fue en ese instante cuando contaron diez y se sintieron muy satisfechos y alegres.

El Maestro dice: El décimo hombre no era una nueva adquisición. Siempre estuvo allí, como el Ser que reside dentro del ser humano. Nunca ha estado ausente. En cuanto se disipe la ofuscación de la mente será percibido.

Actitud de renuncia

Esta es la historia de dos sadhus. Uno de ellos había sido enormemente rico y, aun después de haber cortado con sus lazos familiares y sociales y renunciar a sus negocios, su familia cuidaba de él y disponía de varios criados para que le atendieran. El otro sadhu era muy pobre, vivía de la caridad pública y solo era dueño de una escudilla y una piel de antílope sobre la que meditar. Con frecuencia, el sadhu pobre se jactaba de su pobreza y criticaba y ridiculizaba al sadhu rico. Solía hacer el siguiente comentario: «Se ve que era demasiado viejo para seguir con los negocios de la familia y entonces se ha hecho renunciante, pero sin renunciar a todos sus lujos». El sadhu pobre no perdía ocasión para importunar al sadhu rico y mofarse de él. Se le acercaba y le decía: «Mi renuncia sí que es valiosa y no la tuya, que en realidad no representa renuncia de ningún tipo, porque sigues llevando una vida cómoda y fácil». Un día, de repente, el sadhu rico, cuando el sadhu pobre le habló así, dijo tajantemente:

—Ahora mismo, tú y yo nos vamos de peregrinación a las fuentes del Ganges, como dos sadhus errantes.

El sadhu pobre se sorprendió, pero, a fin de poder mantener su imagen, tuvo que acceder a hacer una peregrinación que en verdad le apetecía muy poco. Ambos sadhus se pusieron en marcha. Unos momentos después, súbitamente, el sadhu pobre se detuvo y, alarmado, exclamó:

—¡Dios mío!, tengo que regresar rápidamente. En su rostro se reflejaba la ansiedad.

—¿Por qué? —preguntó el sadhu rico.

—Porque he olvidado coger mi escudilla y mi piel de antílope.

Y entonces el sadhu rico le djo:

—Te has burlado durante mucho tiempo de mis bienes materiales y ahora resulta que tú dependes mucho más de tu escudilla y tu piel que yo de todas mis posesiones.

El Maestro dice: El secreto está en no ser poseído por lo que se posee.

Depende de quien proceda la orden

Estaban amigablemente departiendo el monarca y uno de sus ministros. El ministro estaba muy interesado por la evolución espiritual y practicaba asiduamente el mantra. Hablaban sobre el tema.

—¿Puedo yo elegir mi propio mantra y tendrá el mismo poder que tiene el que te ha entregado tu mentor? —preguntó el monarca.

—No —aseveró el ministro—. El mantra que proporciona el gurú es más poderoso.

—Sinceramente —declaró el rey—, no veo en absoluto ninguna razón para ello.

Entonces el ministro se volvió hacia el jefe de la guardia y le ordenó:

Detengan a su majestad.

El jefe de la guardia no hizo el menor caso de la orden; pero el monarca, indignado ante tal atrevimiento, ordenó:

—¡Detengan a este hombre y encarcélenlo!

El jefe de la guardia mandó a sus hombres prender al ministro. Iba a ser llevado a prisión, cuando dijo:

—Señor, ¿os dais cuenta? Depende de quien proceda la orden.

El Maestro dice: El mantra que procura un ser evolucionado lleva parte de su energía espiritual.

El incrédulo

A pesar de la ascendencia que la palabra tiene sobre la mente humana, muchas personas dudan de la eficacia del mantra o fonema místico para canalizar la energía mental y motivarse espiritualmente. Tal es el caso de un incrédulo personaje que estaba escuchando a un yogui que declaraba:

—Os puedo decir que el mantra tiene el poder de conduciros al Ser.

El hombre incrédulo protestó:

—Esa afirmación carece de fundamento. ¿Cómo puede la repetición de una palabra conducirnos al Ser? Eso es como decir que si repitiéramos «pan, pan, pan», se haría realidad el pan y se manifestaría.

El yogui se encaró con el incrédulo y le gritó:

—Siéntate ahora mismo, sinvergüenza.

El incrédulo se llenó de rabia. Era tal su incontrolada ira que comenzó a temblar, y furioso vociferó:

—¿Cómo te atreves a hablarme de ese modo? ¿Y tú te dices un hombre santo y vas insultando a los otros?

Entonces, con mucho afecto y ternura, el yogui le dijo:

—Siento mucho haberte ofendido. Discúlpame. Pero, dime, ¿qué sientes en este momento?

—¡Me siento ultrajado!

Y el yogui declaró:

—Con una sola palabra injuriosa te has sentido mal. Fíjate el enorme efecto que ha ejercido sobre ti. Si esto es así, ¿por qué el vocablo que designa al Ser no va a tener el poder de transformarte?

El Maestro dice: Somete la enseñanza a la experiencia. Los métodos son instrumentos para alcanzar la liberación interior.

La olla de barro

Era un lechero acaudalado y que contaba con varios trabajadores en su lechería. Llamó a uno de ellos, Ashok, y le entregó una olla llena de mantequilla para que la llevase a un cliente de un pueblo cercano. A cambio le prometió algunas rupias extras. Ashok, muy contento, colocó la olla sobre su cabeza y se puso en marcha, en tanto se decía para sí: «Voy a ganar dos rupias. ¡Qué bien! Con ellas compraré gallinas, estas pronto se multiplicarán y llegaré a tener nada menos que diez mil. Luego las venderé y compraré cabras. Se reproducirán, venderé parte de ellas y compraré una granja. Como ganaré mucho dinero, también compraré telas y me haré comerciante. Será estupendo. Me casaré, tendré una casa soberbia y, naturalmente, dispondré de un excelente cocinero para que me prepare los platos más deliciosos, y si un día no me hace bien la comida, le daré una bofetada». Al pensar en propinarle una bofetada al cocinero, Ashok, automáticamente, levantó la mano, provocando así la caída de la olla, que se hizo mil pedazos contra el suelo derramando su contenido. Desolado, volvió al pueblo y se enfrentó al patrón que exclamó:

—¡Necio! ¡Me has hecho perder las ganancias de toda una semana!

Y Ashok replicó:

—¡Y yo he perdido mis ganancias de toda la vida!

El Maestro dice: El futuro es un espejismo. Este es tu momento, tu instante. En lugar de fantasear con la mente, pon las condiciones para que la semilla pueda germinar.

Más allá de las diferencias

Amanecía. Una mujer muy santa se estaba dando un apacible baño totalmente desnuda. De repente, un yogui vino a darle un recado y la sorprendió en su desnudez. Desconcertado y sorprendido, se dio rápidamente media vuelta y se dispuso a alejarse de la mujer, pero ella le reprendió en los siguientes términos:

—¿Por qué te vuelves? Si me pudieras ver como a las vacas pastando en los campos, también desnudas, no tendrías necesidad de marcharte. Si no te comportas con naturalidad al verme desnuda, es que todavía haces diferencia entre tú y yo; todavía estás atrapado en la dualidad y el deseo.

El yogui comprendió en profundidad la verdad que brotaba de los sabios labios de la mujer, se puso ante ella de rodillas y comenzó a exclamar: «¡Madre, madre, madre!».

El Maestro dice: «Tú» y «yo» se funden en la unidad del Ser; como se funde la escarcha con los primeros rayos del sol al despuntar el día.

El paria sabio

Shankaracharya iba caminando tranquilamente por una calle. Frente a él venía un paria con un cesto de carne del matadero. El hombre dio un traspiés y chocó con el sabio Shankaracharya, de la casta brahmín, que acababa de bañarse en las aguas de Ganges. Este se sintió impuro al contacto con el paria, y gritó:

—¡Cuidado, me has tocado!

—Señor —repuso el paria—, no te precipites en tus juicios. Ni yo te he tocado ni tú me has tocado. ¿Es que acaso tú verdadero ser es este cuerpo que ha tocado y ha sido tocado? Tú sabes que el yo real no es la mente, ni las emociones, ni mucho menos este cuerpo.

Shankaracharya se sintió avergonzado. Aquel paria le había dado una gran lección y el suceso sería uno de los más importantes en su existencia para ayudarle a madurar espiritualmente y despertar a la realidad superior.

El Maestro dice: El Yo real no se implica en el cuerpo, la mente o las emociones.

Todo lo que existe es Dios

El gurú y el discípulo estaban departiendo sobre cuestiones místicas. El maestro concluyó con la entrevista diciéndole:

—Todo lo que existe es Dios.

El discípulo no entendió la verdadera naturaleza de las palabras de su mentor. Salió de la casa y comenzó a caminar por una callejuela. De súbito, vio frente a él un elefante que venía en dirección contraria, ocupando toda la calle. El jovencito que conducía al animal, gritó avisando:

—¡Eh, oiga, apártese, déjenos pasar!

Pero el discípulo, inmutable, se dijo: «Yo soy Dios y el elefante es Dios, así que ¿cómo puede tener miedo Dios de sí mismo?» Razonando de este modo evitó apartarse. El elefante llegó hasta él, lo agarró con la trompa y lo lanzó al tejado de una casa, rompiéndole varios huesos. Semanas después, repuesto de sus heridas, el discípulo acudió al mentor y se lamentó de lo sucedido. El gurú replicó:

—De acuerdo, tú eres Dios y el elefante es Dios. Pero Dios, en la forma del muchacho que conducía el elefante, te avisó para que dejaras el paso libre. ¿Por qué no hiciste caso de la advertencia de Dios?

El Maestro dice: Afila el discernimiento. No tomes la soga por una serpiente, ni la serpiente por una soga.

Los dos místicos

Se trataba de dos amigos con una gran tendencia hacia la mística. Cada uno de ellos consiguió una parcela de terreno donde poder retirarse a meditar tranquilamente. Uno de ellos tuvo la idea de plantar un rosal y tener rosas, pero enseguida rechazó el propósito, pensando que las rosas le originarían apego y terminarían por encadenarlo. El otro tuvo la misma idea y plantó el rosal. Transcurrió el tiempo. El rosal floreció, y el hombre que lo poseía disfrutó de las rosas, meditó a través de ellas y así elevó su espíritu y se sintió unificado con la madre naturaleza. Las rosas le ayudaron a crecer interiormente, a despertar su sensibilidad y, sin embargo, nunca se apegó a ellas. El amigo empezó a echar de menos el rosal y las hermosas rosas que ya podría tener para deleitar su vista y su olfato. Y así se apegó a las rosas de su mente y, a diferencia de su amigo, creó ataduras.

El Maestro dice: A lo que tienes que renunciar es al sentido de posesividad y a la ignorancia.

La disputa

En el bosque habitaban el rey de los cuervos y el rey de los búhos, ambos con su legión respectiva de cuervos y búhos. Siempre habían compartido la paz del bosque, pero resulta que cierto día el rey de los cuervos y el rey de los búhos se encontraron y comenzaron a intercambiar impresiones. El rey de los cuervos preguntó:

—¿Por qué tú y tu legión de búhos trabajáis por la noche?

El búho, sorprendido, replicó:

—Sois vosotros los que trabajáis por la noche. Nosotros trabajamos de día. Así que no mientas.

Y los dos reyes se enzarzaron en una discusión, ambos convencidos de que trabajaban de día. Hasta tal punto la discusión comenzó a adquirir un carácter de violencia, que la legión de cuervos y la de búhos se disponían a entrar en combate. Pero cuando la situación estaba llegando a su momento más crítico, apareció por allí un apacible cisne que, al enterarse de la disputa, dijo:

—Calmaos todos, queridos compañeros.

dirigiéndose a los reyes, dijo:

—No debéis en absoluto pelear, porque los dos tenéis razón. Desde vuestra perspectiva, los dos trabajáis de día.

El Maestro dice: Debido a diferentes enfoques de la realidad aparente, ideologías y ficticias divisiones, surgen las disputas y guerras, el malestar y el dolor.

Mi hijo está conmigo

Era un hombre que tenía un hijo al que amaba profundamente. Por algún motivo se vio obligado a viajar y tuvo que dejar a su hijo en casa. El niño tenía ocho años y su padre solo vivía para él. Habiéndose enterado de la partida del dueño de la casa, unos bandoleros aprovecharon su ausencia para entrar en ella y robar todo lo que contenía. Descubrieron al jovencito y se lo llevaron con ellos, no sin antes incendiar la casa.

Pasaron unos días. El hombre regresó a su hogar y se encontró con la casa derruida por el incendio. Alarmado, buscó entre los restos calcinados y halló unos huesecillos, que dedujo eran los del cuerpo abrasado de su amado hijo. Con ternura infinita, los introdujo en un saquito que se colgó al cuello, junto al pecho, convencido de que aquellos eran los restos de su hijo. Unos días más tarde, el niño logró escapar de los perversos bandoleros y, tras poder averiguar dónde estaba la nueva casa de su padre, corrió hasta ella e insistentemente llamó a la puerta.

—¿Quién es? —preguntó el padre.

—Soy tu hijo —contestó el niño.

—No, no puedes ser mi hijo —repuso el hombre, abrazándose al saquito que colgaba de su cuello—. Mi hijo ha muerto.

—No, padre, soy tu hijo. Conseguí escapar de los bandoleros.

—Vete, ¿me oyes? Vete y no me molestes —ordenó el hombre, sin abrir la puerta y aprisionan-do el saquito de huesos contra su pecho—. Mi hijo está conmigo.

—Padre, escúchame; soy yo.

—¡He dicho que te vayas! —replicó el hombre—. Mi hijo murió y está conmigo. ¡Vete!

Y no dejaba de abrazar el saquito de huesos.

El Maestro dice: El apego, ¿te deja ver?, ¿te deja oír?, ¿te deja comprender? El apego te aferra a lo irreal e ilusorio y cierra tus oídos a lo Real y Trascendente.

La tortuga y la argolla

Era un sabio tan anciano que nadie de la localidad sabía su edad. Él mismo la había olvidado, entre otras razones porque había trascendido todo apego y ambición humana. Estaba un día sentado bajo un enorme árbol banyano, la mirada perdida en el horizonte, la mente quieta como un cielo sin nubes. De repente, vio cómo un hombre joven echaba una cuerda sobre la rama de un árbol y ataba uno de sus extremos a su cuello. El sabio se dio cuenta de las intenciones del joven, corrió hacia él y le pidió que desistiese de su propósito aunque solo fuera un par de minutos para escucharlo. El joven accedió, y ambos se sentaron junto al árbol. El anciano se expresó así:

—Voy a hacerte un ruego, querido amigo. Imagina una sola tortuga en el inmenso océano y que solo saca la cabeza a la superficie una vez cada millón de años. Imagina un aro flotando sobre las aguas del inmenso océano. Pues más difícil aún que el que la tortuga introduzca la cabeza en el aro del agua, es haber obtenido la forma humana. Ahora, amigo, procede como creas conveniente.

Todavía cuenta la gente del lugar que aquel joven llegó a anciano y se hizo sabio.

El Maestro dice: Toda forma humana es preciosa, porque a través de ella podemos alcanzar la realización definitiva. Habiendo podido tomar tantas formas, es una gran fortuna haber tomado la humana.

Conocerse a uno mismo

Un niño de la India fue enviado a estudiar a un colegio de otro país. Pasaron algunas semanas, y un día el jovencito se enteró de que en el colegio había otro niño indio y se sintió feliz. Indagó sobre ese niño y supo que el niño era del mismo pueblo que él y experimentó un gran contento. Más adelante le llegaron noticias de que el niño tenía su misma edad y tuvo una enorme satisfacción. Pasaron unas semanas más y comprobó finalmente que el niño era como él y tenía su mismo nombre. Entonces, a decir verdad, su felicidad fue inconmensurable.

El Maestro dice: No hay mayor gozo en este mundo que el de conocerse a uno mismo.

Las fantasías de una abeja

Era una abeja llena de alegría y vitalidad. En cierta ocasión, volando de flor en flor y embriagada por el néctar, se fue alejando imprudentemente de su colmena más de lo aconsejable, y cuando se dio cuenta ya se había hecho de noche. Justo cuando el sol se estaba ocultando, se hallaba ella deleitándose con el dulce néctar de un loto. Al hacerse la oscuridad, el loto se plegó sobre sí mismo y se cerró, quedando la abeja atrapada en su interior. Despreocupada, esta dijo para sí: «No importa. Pasaré aquí toda la noche y no dejaré de libar este néctar maravilloso. Mañana, en cuanto amanezca, iré en busca de mis familiares y amigos para que vengan también a probar este manjar tan agradable. Seguro que les va a hacer muy felices».

La noche cayó por completo. Un enorme elefante hambriento pasó por el paraje e iba engullendo todo aquello que se hallaba a su paso. La abeja, ignorante de todo lo que sucediera en el exterior y cómodamente alojada en el interior del loto, seguía libando. Entonces se dijo: «¡Qué néctar tan fantástico, tan dulce, tan delicioso! ¡Esto es maravilloso! No solo traeré aquí a todos mis familiares, amigos y vecinos para que lo prueben, sino que me dedicaré a fabricar miel y podré venderla y obtener mucho dinero a cambio de ella y adquirir todas las cosas que me gustan en el mundo». Súbitamente, tembló el suelo a su lado. El elefante engulló el loto y la abeja apenas tuvo tiempo de pensar: «Este es mi fin. Me muero».

El Maestro dice: Solo existe la seguridad del aquí-ahora. Aplícate al instante, haz lo mejor que puedas en el momento y no divagues.

La naturaleza de la mente

Se trataba de un hombre que llevaba muchas horas viajando a pie y estaba realmente cansado y sudoroso bajo el implacable sol de la India. Extenuado y sin poder dar un paso más, se echó a descansar bajo un frondoso árbol. El suelo estaba duro y el hombre pensó en lo agradable que sería disponer de una cama. Resulta que aquel era un árbol celestial de los que conceden los deseos de los pensamientos y los hacen realidad. Así es que al punto apareció una confortable cama. El hombre se echó sobre ella y estaba disfrutando en el mullido lecho cuando pensó en lo placentero que resultaría que una joven le diera masaje en sus fatigadas piernas. Al momento apareció una bellísima joven que comenzó a procurarle un delicioso masaje. Bien descansado, sintió hambre y pensó en qué grato sería poder degustar una sabrosa y opípara comida. En el acto aparecieron ante él los más suculentos manjares. El hombre comió hasta saciarse y se sentía muy dichoso. De repente le asaltó un pensamiento: «¡Mira que si ahora un tigre me atacase!». Apareció un tigre y lo devoró.

El Maestro dice: Cambiante y descontrolada es la naturaleza de la mente. Aplícate a conocerla y dominarla y disiparás para siempre el peor de los tigres: el que mora dentro de ella misma.

Los eruditos

Iba a celebrarse un congreso sobre la mente al que tenían que asistir un buen número de eruditos especializados en el tema. Para tal fin, un grupo de ellos debía viajar de su ciudad a aquella otra en la que iba a tener lugar el acontecimiento. Para cubrir el trayecto, los eruditos tomaron el tren y consiguieron un compartimiento para ellos solos. Nada más acomodarse en el compartimiento comenzaron a hablar sobre la mente y sus misteriosos mecanismos. El tren se puso en marcha. Todos proporcionaban sus pareceres y llegaron al convencimiento común y compartido de que lo más necesario era cultivar y desarrollar la atención mental.

—Sí, ya nada hay tan importante como permanecer alerta —declaraba uno de ellos enfáticamente.

—Se requiere el cultivo metódico de la atención —recalcaba otro.

—Hay que aplicarse al entrenamiento de la atención; eso es lo esencial —afirmaban algunos.

Así hablaban y hablaban sin cesar sobre la necesidad de estar atentos, vigilantes y perceptivos; sobre la conveniencia de establecerse en una atención despierta y plena.

El convoy seguía su monótona marcha. Pero una vía estaba en malas condiciones y descarriló sin que pudiera evitarlo el maquinista. El tren se precipitó por un enorme barranco, dando innumerables vueltas, hasta que al final se detuvo estrellándose en las profundidades del mismo. Los eruditos seguían polemizando acaloradamente, insistiendo en la necesidad de elevar al máximo el umbral de la atención, pero ninguno de ellos se había percatado del accidente. Declaraban que había que tener la mente tan atenta que ni el vuelo de una mosca pasara desapercibido. Seguían apasionadamente debatiendo sobre la mente y la atención, con sus cuerpos amontonados unos sobre otros, todos ellos ignorantes del percance.

El Maestro dice: No es a través de la palabra ni la polémica como un ser humano asciende a la cima de la consciencia, sino a través de una motivación firme y una práctica inquebrantable.

La actitud interior

Eran dos grandes amigos. Trabajaban en un pueblo y decidieron ir a pasar unos días a la ciudad. Comenzaron a caminar y en una gran calle vieron un burdel que estaba frente a frente con un santuario. Uno de los amigos decidió pasar unas horas en el burdel, bebiendo y disfrutando de las bellas prostitutas, en tanto que el otro optó por pasar ese tiempo en el santuario, escuchando a un maestro que hablaba sobre la conquista interior. Pasaron unos minutos, y entonces el amigo que estaba en el burdel comenzó a lamentar no estar escuchando al maestro en el santuario, en tanto que el otro amigo, por el contrario, en lugar de estar atento a las enseñanzas que estaba oyendo, estaba ensoñando con el burdel y reprochándose a sí mismo lo necio que había sido por no elegir la diversión. De este modo, el hombre que estaba en el burdel obtuvo los mismos méritos que si hubiera estado en el santuario, y el que estaba en el santuario acumuló tantos deméritos como si hubiera estado en el burdel.

El Maestro dice: Precediendo a los actos, está la actitud ulterior. En la actitud interior comienza la cuenta de méritos y deméritos.

Diez años después

El monarca de un reino de la India tuvo noticias de que había en la localidad un faquir capaz de realizar extraordinarias proezas. El rey lo hizo llamar y, cuando lo tuvo ante él, le preguntó:

—¿Qué proezas puedes efectuar?

—Muchas, majestad —repuso el faquir—. Por ejemplo, puedo permanecer bajo tierra durante meses o incluso años.

—¿Podrías ser enterrado por diez años y seguir con vida después? —preguntó el monarca.

—Sin duda, majestad —aseveró el faquir.

—Si es así, cuando seas desenterrado, recibirás el diamante más puro del reino.

Se procedió a enterrar al faquir. Se preparó una fosa a varios metros de profundidad y se dispuso de una urna de plomo. El faquir, antes de ser sepultado, se extendió hablando sobre sus cualidades espirituales y morales que hacían posible su autodominio y poder. Todos quedaron convencidos de su santidad. Fue introducido a continuación en la urna y enterrado.

Durante diez años hubo guardianes vigilando la fosa. Nadie albergaba la menor esperanza de que el faquir sobreviviese a la prueba. Transcurrió el tiempo convenido. Toda la corte acudió a la tumba del faquir, con la certeza de que, a pesar de su santidad y poder, habría muerto y el cadáver sería solamente un conjunto de huesos putrefactos. Sacaron la urna al exterior, la abrieron y hallaron al faquir en estado de catalepsia. Poco a poco el hombre se fue reanimando, efectuó varias respiraciones profundas, abrió sus ojos, dio un salto y sus primeras palabras fueron:

—¡Por Dios!, ¿dónde está el diamante?

El Maestro dice: Sin desapego real y sabiduría, basta la más precisa técnica de autodominio carece de significación.

El pastor distraído

Al atardecer, un pastor se disponía a conducir el rebaño al establo. Entonces contó sus ovejas y, muy alarmado, se dio cuenta de que faltaba una de ellas. Angustiado, comenzó a buscarla durante horas, hasta que se hizo muy avanzada la noche. No podía hallarla y empezó a llorar desesperado. Entonces, un hombre que salía de la taberna y que pasó junto a él, le miró y le dijo:

—Oye, ¿por qué llevas una oveja sobre los hombros?

El Maestro dice: No seas como el pastor negligente, que por no haber aprendido a discernir; buscas donde no debes hacerlo y así todas tus tentativas son insatisfactorias.

El recluso

Un recluso iba a ser trasladado de una a otra prisión y para ello debía atravesar toda la ciudad. Le colocaron sobre la cabeza un cuenco lleno de aceite hasta el borde y le dijeron:

—Un verdugo, con una afilada espada, caminará detrás de ti. En el mismo momento en que derrames una gota de aceite, te rebanará la cabeza.

Se sacó al recluso de la celda y se le colocó un cuenco sobre la cabeza. Comenzó a caminar con mucho cuidado, en tanto el verdugo iba detrás de él. Había llegado a pleno centro de la ciudad, cuando, de súbito, también llegaron al mismo lugar un grupo de hermosísimas bailarinas. La pregunta es: ¿Logró el recluso no ladear la cabeza para mirar a las bailarinas y así mantenerla a salvo, o, por el contrario, negligentemente, miró a las bailarinas y la perdió?

El Maestro dice: Los que no permanecen atentos es como si ya estuvieran muertos.

Los dos amigos

Dos amigos emprendieron una excursión. Al llegar la noche se echaron a dormir uno al lado del otro. Uno de ellos soñó que habían tomado un barco y habían naufragado en una isla. Al despertar, comenzó a preguntarle a su compañero si recordaba la travesía, el barco y la isla. Se quedó atónito cuando el amigo le explicó que él no había tenido el mismo sueño. No podía creerlo. Pero ¡si era un sueño maravilloso! Se negaba a aceptar que el amigo no recordara la travesía, el barco y la isla.

El Maestro dice: La persona común, atrapada en la cárcel de su ego, proyecta sobre los otros sus propios autoengaños.

Los dos sadhus

Se trataba de dos sadhus muy piadosos que acudieron a visitar a Ramakrishna, uno de los más grandes yoguis de la India. Se trataba de un padre y su hijo. Anhelaban reunirse con Ramakrishna para recibir la instrucción mística de este gran sabio. Estaban esperando en el jardín a que el maestro los recibiera, cuando de repente apareció una serpiente y picó al sadhu joven. El padre, muy alarmado, empezó a temblar y a dar gritos para que alguien les prestase ayuda. El hijo, sin embargo, permaneció muy sereno, impasible, como si no le hubiera mordido una peligrosa serpiente. Realmente sorprendido, el padre preguntó a su hijo:

—Pero, ¿cómo puedes estar tan tranquilo?

El joven sadhu, muy calmadamente, repuso:

—¿Qué es la serpiente y a quién ha mordido?

El Maestro dice: En una mente tocada por la consciencia de unidad, los reflejos no se confunden con la realidad.

Ansia

Era un padre de familia. Había conseguido unas buenas condiciones de vida y había enviudado, después de que sus hijos se hicieran mayores y encauzaran sus propias vidas. Siempre había acariciado la idea de dedicarse a la búsqueda espiritual y poder llegar a sentir la unidad con la Conciencia Universal. Ahora que ya no tenía obligaciones fa- al corriente de sus inquietudes, pidiéndole también consejo espiritual.

El yogui vivía cerca de un río, cubriendo su cuerpo con un taparrabos y alimentándose de aquello que le daban algunos devotos. Vivía en paz consigo mismo y con los demás. Sonrió apaciblemente cuando llegó hasta él el hombre de hogar.

—¿En qué puedo ayudarte? —preguntó cor- tésmente.

—Venerable yogui, ¿cómo podría yo llegar a percibir la Mente Universal y hacerme uno con Ella?

El yogui ordenó:

—Acompáñame.

El yogui condujo al hombre de hogar hasta el río. Le dijo:

—Agáchate.

Así lo hizo el hombre de hogar y, al punto, el yogui lo agarró fuertemente por la cabeza y lo sumergió en el agua hasta llevarlo al borde del desmayo. Por fin permitió que el hombre de hogar, en sus denodados forcejeos, sacara la cabeza. Le preguntó:

—¿Qué has sentido?

—Una extraordinaria necesidad y ansia de aire.

—Pues cuando tengas esa misma ansia de la Mente Universal, podrás aprender a percibirla y hacerte uno con ella.

El Maestro dice: Aunque pienses en la palabra «lámpara» no se enciende la luz. Que la motivación de libertad interior sea real y seguida por la práctica y no se quede solo en una idea.

Los orfebres

En una localidad de la India había un negocio de orfebrería donde trabajaban cuatro hombres que eran tenidos por muy piadosos y que siempre eran vistos con los signos del dios Vishnú pintados en la frente, un collar de semillas sagradas al pecho, un rosario en la mano y el nombre del Divino repitiéndose en sus labios. Las gentes de la localidad, impresionadas por tanta santidad, se habían convertido en generosos clientes del establecimiento. A estos les agradaba mucho comprobar que cuando llegaban a la tienda, los cuatro orfebres repetían los nombres de distintas divinidades hindúes. Al llegar un cliente, uno de ellos exclamaba: «Keshava, Keshava»; un poco después, otro entonaba: «Copal, Copal»; a continuación, el tercero recitaba: «Hari, Hari». Entonces los clientes, muy satisfechos con tanta santidad, hacían una buena compra, en tanto el cuarto orfebre decía fervorosamente: «Hara, Hara». Todos estos términos son nombres de deidades del panteón hindú, pero los orfebres eran bengalíes y en su lengua tienen un segundo significado. Keshava quiere decir: «¿Quiénes son?», que es lo que pregunta el primer orfebre; Copal significa: «Un rebaño de vacas», que es lo que contesta el segundo; Hari es:

«¿Puedo robarles?», que pregunta el tercero; Hara quiere decir: «Sí, róbales», que es lo que declara el cuarto.

El Maestro dice: Los falsos maestros aparentan santidad para enmascarar sus perversas intenciones.

El ermitaño y el buscador

Se trataba de un genuino buscador extranjero. Llevaba muchos años de búsqueda incansable, rastreando inquebrantablemente la Verdad. Había leído las escrituras de todas la religiones, había seguido numerosas vías místicas, había puesto en práctica no pocas técnicas de autodesarrollo y había escuchado a buen número de maestros; pero seguía buscando. Dejó su país y se trasladó a la India. Viajó sin descanso. Había ido de un estado a otro y de ciudad en ciudad, indagando, buscando, anhelando encontrar. Un día llegó a un pueblo y preguntó si había algún maestro con el que entrar en contacto. Le comunicaron que no había ningún maestro, pero que en una montaña cercana habitaba un ermitaño. El hombre se dirigió a la montaña con el propósito de hallar al ermitaño. Comenzó a ascender por una de sus laderas. De súbito, observó que el ermitaño bajaba por el mismo sendero por el que él subía. Cuando estaban a punto de cruzarse e iba a preguntarle el mejor modo para acelerar el proceso hacia la liberación, el ermitaño dejó caer en el suelo un saco que llevaba a sus espaldas. Se hizo un silencio profundo, estremecedor, total y perfecto. El ermitaño clavó sus ojos, sutiles y elocuentes, en los del buscador. ¡Qué mirada aquella! Luego, el ermitaño cogió de nuevo el saco, lo cargó a su espalda y prosiguió la marcha.

Ni una palabra, ni un gesto, pero ¡qué mirada aquella! El buscador, de repente, comprendió en lo más profundo de sí mismo. No se trataba de una comprensión intelectual, sino inmensa y visceral. Deja el fardo de juicios y prejuicios, conceptos y actitudes egocéntricas, para poder evolucionar.

El Maestro dice: No tienes nada que perder que no sea tu ignorancia y la máscara de tu personalidad.

Los designios del karma

Sariputta era uno de los más grandes discípulos del Buda y llegó a ser un iluminado de excepcional sabiduría y sagaz visión. Viajaba propagando la Enseñanza, y cierto día, al pasar por una aldea de la India, vio que una mujer sostenía en una mano un bebé y con la otra estaba dando una sardina a un perro. Con su visión clarividente e intemporal pudo ver quiénes fueron todos ellos en una pasada existencia. Se trataba de una mujer casada con un cruel marido que la golpeaba a menudo. Se enamoró de otro hombre, pero entre su padre y su marido, poniéndose de acuerdo para ello, le dieron muerte. Ahora la mujer mantenía a un bebé en sus brazos, su antiguo amante, que fuera asesinado. La sardina era su despiadado marido, y el perro, su padre. Todos habían vuelto a reunirse en la presente vida, pero en condiciones muy distintas.

El Maestro dice: Nadie puede escapar a sus acciones; tal es el designio del karma.

Viaje al corazón

Bastami era uno de los más grandes sufíes de la India. Se proponía efectuar una larga peregrinación a La Meca, cuando se encontró con un instructor espiritual que le preguntó:

—¿Por qué has de ir a La Meca?

—Para ver a Dios —repuso.

El instructor le ordenó:

—Dame ahora mismo todo el dinero que llevas contigo para el viaje.

Bastami le entregó el dinero, el instructor se lo guardó en el bolsillo, y dijo:

—Sé que habrías dado siete vueltas alrededor de la piedra sagrada. Pues bien, en lugar de eso, da ahora siete vueltas a mi alrededor.

Bastami obedeció y dio siete vueltas alrededor del instructor, quien declaró a continuación:

—Ahora sí has conseguido lo que te proponías. Ya puedes regresar a tu casa con el ánimo sereno y satisfecho, si bien antes quiero decirte algo más. Desde que La Meca fue construida, ni un solo minuto Dios ha morado allí. Pero desde que el corazón del hombre fue creado, ni un solo instante Dios ha dejado de habitar en él. Ve a tu casa y medita. Viaja a tu corazón.

El Maestro dice: Busca refugio dentro de ti. ¿Qué otro refugio puede haber?

El arte de la observación

El discípulo llegó hasta el maestro y le dijo:

—Guruji, por favor, te ruego que me impartas una instrucción para aproximarme a la verdad. Tal vez tú dispongas de alguna enseñanza secreta.

Después de mirarle unos instantes, el maestro declaró:

—El gran secreto está en la observación. Nada escapa a una mente observadora y perceptiva. Ella misma se convierte en la enseñanza.

—¿Qué me aconsejas hacer?

—Observa —dijo el gurú—. Siéntate en la playa, a la orilla del mar, y observa cómo el sol se refleja en sus aguas. Permanece observando tanto tiempo como te sea necesario, tanto tiempo como te exija la apertura de tu comprensión.

Durante días, el discípulo se mantuvo en completa observación, sentado a la orilla del mar. Observó el sol reflejándose sobre las aguas del océano, unas veces tranquilas, otras encrespadas. Observó las leves ondulaciones de sus aguas cuando la mar estaba en calma y las olas gigantescas cuando llegaba la tempestad. Observó y observó, atento y ecuánime, meditativo y alerta. Y así, paulatinamente, se fue desarrollando su comprensión. Su mente comenzó a modificarse y su consciencia a hallar otro modo mucho más rico de percibir.

El discípulo, muy agradecido, regresó junto al maestro.

—¿Has comprendido a través de la observación? —preguntó el maestro.

—Sí —repuso satisfecho el discípulo—. Llevaba años efectuando los ritos, asistiendo a las ceremonias más sagradas, leyendo las escrituras, pero no había comprendido. Unos días de observación me han hecho comprender. El sol es nuestro ser interior, siempre brillante, autoluminoso, inafectado. Las aguas no le mojan y las olas no le alcanzan; es ajeno a la calma y la tempestad aparentes. Siempre permanece, inalterable, en sí mismo.

—Esa es una enseñanza sublime —declaró el gurú—, la enseñanza que se desprende del arte de la observación.

El Maestro dice: Todos los grandes descubrimientos se han derivado de la observación diligente. No hay mayor descubrimiento que el del Ser. Observa y comprende.

¿Por quién debo afligirme?

Un hombre se vio obligado a dejar su casa durante unos días para ir en busca de empleo. En su ausencia, el único hijo que tenía enfermó súbitamente y murió. Cuando el hombre regresó a su hogar, su esposa, deshecha en lágrimas, le dio la amarga noticia. Pero el hombre permaneció extraordinariamente sereno y ecuánime. La esposa no podía salir de su asombro e indignación. Comenzó a increparle agriamente su actitud. El hombre la tranquilizó y luego explicó: «Querida, la otra noche soñé que tenía siete hijos y que con ellos mi vida estaba llena de satisfacción y felicidad. Sí, realmente, yo era muy feliz con mis hijos. Al despertarme, de pronto, los perdí a todos. Ahora te pregunto: ¿Por quién debo afligirme? ¿Por los siete hijos o por el que hemos perdido?».

El Maestro dice: Para el que ha trascendido todos los fenómenos y apariencias, la vida es de la misma sustancia que un sueño.

El grano de mostaza

Una mujer, deshecha en lágrimas, se acercó hasta el Buda y, con voz angustiada y entrecortada, le explicó:

—Señor, una serpiente venenosa ha picado a mi hijo y va a morir. Dicen los médicos que nada puede hacerse ya.

—Buena mujer, ve a ese pueblo cercano y toma un grano de mostaza negra de aquella casa en la que no haya habido ninguna muerte. Si me lo traes, curaré a tu hijo.

La mujer fue de casa en casa, inquiriendo si había habido alguna muerte, y comprobó que no había ni una sola casa donde no se hubiera producido alguna. Así que no pudo pedir el grano de mostaza y llevárselo al Buda.

Al regresar, dijo:

—Señor, no he encontrado ni una sola casa en la que no hubiera habido alguna muerte.

Y, con infinita ternura, el Buda dijo:

—¿Te das cuenta, buena mujer? Es inevitable. Anda, ve junto a tu hijo y, cuando muera, entierra su cadáver.

El Maestro dice: Todo lo compuesto, se descompone; todo lo que nace, muere. Acepta lo inevitable con ecuanimidad.

La enseñanza del sabio vedantín

Era un sabio vedantín, es decir, que creía en la unidad que se manifiesta como diversidad. Estaba hablando a sus discípulos sobre el Ser Supremo y el ser individual, explicándoles que son lo mismo. Declaró:

—Del mismo modo que el Ser Supremo existe dentro de sí mismo, también existe dentro de cada uno de nosotros.

Uno de los discípulos replicó:

—Pero, maestro, ¿cómo nosotros podemos ser como el Ser Supremo, cuando Él es tan inmenso y poderoso? Infinitos universos moran dentro de él. Nosotros somos partículas a su lado.

El sabio le pidió al discípulo que se aproximase al Ganges y cogiese agua. Así lo hizo el discípulo. Cogió un tazón de agua y se la presentó al sabio; pero este protestó:

—Te he pedido agua del Ganges. Esta no puede ser agua de ese río.

—Claro que lo es —dijo el discípulo consternado.

—Pero en el Ganges hay peces y tortugas, las vacas acuden a beber a sus orillas, y la gente se baña en él. Esta agua no puede ser del Ganges.

—Claro que lo es —insistió el discípulo—, pero en tan poca cantidad que no puede contener ni peces, ni tortugas, ni vacas, ni devotos.

—Tienes razón —afirmó el sabio—. Ahora devuelve el agua al río.

Así lo hizo el discípulo y regresó después junto al sabio, que le explicó:

—¿Acaso no existen ahora todas esas cosas en el agua? El ser individual es como el agua en el tazón. Es una con el Ser Supremo, pero existe en forma limitada y por eso parece diferente. Al devolver el agua del tazón al río, volvió a contar con peces, tortugas, vacas y devotos. Si meditas adecuadamente, comprenderás que tú eres el Ser Supremo y que estás en todo, como Él.

El Maestro dice: Hasta en una brizna de hierba habita el Alma Universal.

¿Y quién te ata?

Angustiado, el discípulo acudió a su instructor espiritual y le preguntó:

—¿Cómo puedo liberarme, maestro?

El instructor contestó:

—Amigo mío, ¿y quién te ata?

El Maestro dice: La mente es amiga o enemiga. Aprende a subyugarla.

El pobre ignorante

Un hombre, muy sencillo y analfabeto, llamó a las puertas de un monasterio. Tenía deseos verdaderos de purificarse y hallar un sentido a la existencia. Pidió que le aceptasen como novicio, pero los monjes pensaron que el hombre era tan simple e iletrado que no podría ni entender las más básicas escrituras ni efectuar los más elementales estudios. Como lo vieron muy interesado por permanecer en el monasterio, le proporcionaron una escoba y le dijeron que se ocupara diariamente de barrer el jardín. Así, durante años, el hombre barrió muy minuciosamente el jardín sin faltar ni un solo día a su deber. Paulatinamente, todos los monjes empezaron a ver cambios en la actitud del hombre. ¡Se le veía tan tranquilo, gozoso, equilibrado! Emanaba de todo él una atmósfera de paz sublime. Y tanto llamaba la atención su inspiradora presencia, que los monjes, al hablar con él, se dieron cuenta de que había obtenido un considerable grado de evolución espiritual y una excepcional pureza de corazón. Extrañados, le preguntaron si había seguido alguna práctica o método especiales, pero el hombre, muy sencillamente, repuso:

—No, no he hecho nada, creedme. Me he dedicado diariamente, con amor, a limpiar el jardín, y, cada vez que barría la basura, pensaba que estaba también barriendo mi corazón y limpiándome de todo veneno.

El Maestro dice: El mayor ignorante hallará la paz si su intención es genuina; el erudito más destacado proseguirá a oscuras si su intención no es la correcta.

El ladrón policía

En un pueblo de la India había un hábil ladrón que robaba en todas las casas y jamás podía ser sorprendido. Era un verdadero experto. La gente de la localidad, desmoralizada, se reunió con el alcalde y le pidió que nombrase un policía, ya que no había ninguno en el pueblo y así el ladrón lograba actuar a su aire y sin ningún riesgo. El alcalde, comprendiendo el desánimo de las gentes del lugar, entregó un bando solicitando personas que se presentaran al puesto de policía. Solamente se presentó un candidato. Se trataba del ladrón y fue elegido policía.

El Maestro dice: Así como nunca el policía detendrá al ladrón que es él mismo, jamás el ego capturará al ego, siendo necesario recurrir al testigo que está más allá del ego y el pensamiento.

El desencanto

Se trataba de un hombre que nunca había tenido ocasión de ver el mar. Vivía en un pueblo del interior de la India. Una idea se había instalado con fijeza en su mente: «No podía morir sin ver el mar». Para ahorrar algún dinero y poder viajar hasta la costa, tomó otro trabajo además del suyo habitual. Ahorraba todo aquello que podía y suspiraba porque llegase el día de poder estar ante el mar. Fueron años difíciles. Por fin, ahorró lo suficiente para hacer el viaje. Tomó un tren que le llevó hasta las cercanías del mar. Se sentía entusiasmado y gozoso. Llegó hasta la playa y observó el maravilloso espectáculo. ¡Qué olas tan mansas! ¡Qué espuma tan hermosa! ¡Qué agua tan bella! Se acercó hasta el agua, cogió una poca con la mano y se la llevó a los labios para degustarla. Entonces, muy desencantado y abatido, pensó: «¡Qué pena que pueda saber tan mal con lo hermosa que es!»

El Maestro dice: Por ignorancia, cuando tus expectativas no son satisfechas, te desencantas. El ser liberado solo espera aquello que ocurre.

El poder del mantra

El poder y alcance del mantra depende de la actitud del que lo repite. Así lo evidencia la siguiente historia.

Un eremita vivía a la orilla del río. Era alimentado por una lechera que todos los días le regalaba leche para su manutención. El eremita había concedido una mantra a la buena mujer y le había dicho:

—Repitiendo este poderoso mantra puedes ir a través del océano de la existencia.

Pasó el tiempo. Cierto día en que la lechera iba a cruzar el río para llevar la leche al eremita, llovió torrencialmente y las aguas del río se desbordaron. No había manera de pasar el río en barca. La mujer recordó lo que había dicho el eremita: «Repitiendo este poderoso mantra puedes ir a través del océano de la existencia». Y se dijo a sí misma: «Y esto solo es un río». Repitió interiormente el mantra con mucho amor y motivación y comenzó a caminar sobre el agua hasta llegar donde estaba el eremita. Al verla, este, muy extrañado, preguntó:

—¿Cómo has podido llegar hasta aquí si el río se ha desbordado?

La mujer repuso:

—Como me dijiste que con el mantra que me entregaste podía atravesar el océano de la existencia, pensé que sería mucho más fácil cruzar el río. Recité

LA TRADICIÓN DE UN LEGADO ESPIRITUAL

el mantra y lo pasé caminando sobre las aguas.

Al escuchar esta explicación, el eremita se llenó de vanidad y pensó: «¡Qué grado de evolución debo tener cuando la lechera ha podido hacer esta proeza con mi mantra!»

Días después, el eremita tenía que ir a la ciudad. Las lluvias monzónicas no habían cesado y el río continuaba desbordado. El eremita pensó que no había ningún problema. Si el mantra había funcionado con la lechera, ¿cómo no iba a funcionar con él? Empezó a repetir el mantra y se lanzó a las aguas del río. Automáticamente se hundió hasta el fondo y pereció.

El Maestro dice: El ego es la muerte de lo más real que hay en uno mismo. No libera; esclaviza y ahoga.

Sigue adelante

Un leñador estaba en el bosque talando árboles para aprovechar su madera, aunque esta no era de óptima calidad. Entonces vino hacia él un anacoreta y le dijo:

—Buen hombre, sigue adelante.

Al día siguiente, cuando el sol comenzaba a despejar la bruma matutina, el leñador se disponía para emprender la dura labor de la jornada. Recordó el consejo que el día anterior le había dado el anacoreta y decidió penetrar más en el bosque. Descubrió entonces un macizo de árboles espléndidos de madera de sándalo. Esta madera es la más valiosa de todas, destacando por su especial aroma.

Transcurrieron algunos días. El leñador volvió a recordar la sugerencia del anacoreta y determinó penetrar aún más en el bosque. Así pudo encontrar una mina de plata. Este fabuloso descubrimiento le hizo muy rico en pocos meses. Pero el que fuera leñador seguía manteniendo muy vivas las palabras del anacoreta: «Sigue adelante», por lo que un día todavía se introdujo más en el bosque. Fue de este modo como halló ahora una mina de oro y se hizo un hombre excepcionalmente rico.

El Maestro dice: «Sigue adelante», hacia tu interior, hacia la fuente de tu Sabiduría. ¿Puede haber mayor riqueza que esta?

¿Hasta cuándo dormido?

Era un pueblo de la India cerca de una ruta principal de comerciantes y viajeros. Acertaba a pasar mucha gente por la localidad. Pero el pueblo se había hecho célebre por un suceso insólito: había un hombre que llevaba ininterrumpidamente dormido más de un cuarto de siglo. Nadie conocía la razón. ¡Qué extraño suceso! La gente que pasaba por el pueblo siempre se detenía a contemplar al durmiente. ¿Pero a qué se debe este fenómeno? —se preguntaban los visitantes—. En las cercanías de la localidad vivía un eremita. Era un hombre huraño, que pasaba el día en profunda contemplación y no quería ser molestado. Pero había adquirido fama de saber leer los pensamientos ajenos. El alcalde mismo fue a visitarlo y le rogó que fuera a ver al durmiente por si lograba saber la causa de tan largo y profundo sueño. El eremita era muy noble y, a pesar de su aparente adustez, se prestó a tratar de colaborar en el esclarecimiento del hecho. Fue al pueblo y se sentó junto al durmiente. Se concentró profundamente y empezó a conducir su mente hacia las regiones clarividentes de la consciencia. Introdujo su energía mental en el cerebro del durmiente y se conectó con él. Minutos después, el eremita volvía a su estado ordinario de consciencia. Todo el pueblo se había reunido para escucharlo. Con voz pausada, explicó:

—Amigos. He llegado, sí, hasta la concavidad central del cerebro de este hombre que lleva más de un cuarto de siglo durmiendo. También he penetrado en el tabernáculo de su corazón. He buscado la causa. Y, para vuestra satisfacción, debo deciros que la he hallado. Este hombre sueña de continuo que está despierto y, por tanto, no se propone despertar.

El Maestro dice: No seas como este hombre, dormido espiritualmente en tanto crees que estás despierto.

El hombre que se disfrazó de bailarina

Una fastuosa fiesta se celebraba en la corte real. El monarca esperaba con ansiedad el momento de la danza, pues era muy amante de la misma.

Quedaban unos minutos para que tuviera lugar la representación, cuando la bailarina enfermó de gravedad. No se podía desairar al rey, así que se buscó afanosamente otra bailarina para sustituir a la enferma, pero sucedió que no pudo ser hallada ninguna. El carácter del rey era terrible cuando se enfadaba. ¿Qué se podía hacer? Uno de los ministros resolvió elegir a uno de los sirvientes y se le ordenó que se disfrazara de bailarina y bailase ante el rey. El sirviente se disfrazó de bailarina, se maquilló minuciosamente y danzó con entusiasmo ante el monarca. El rey, satisfecho, dijo:

—Aunque en algunas actitudes es un poco varonil, se trata de una gran bailarina. Me siento complacido.

La pregunta es: Mientras el sirviente interpretaba a la bailarina, ¿dejó de saber que era un hombre? Nadie podría contestar, excepto él.

El Maestro dice: El ser humano común se comporta como si el sirviente se hubiera identificado tanto con su papel que hubiera dejado de saber que era un hombre. Cuando se identifica con la personalidad y todo lo adquirido, se olvida de su Ser real.

Ocho elefantes blancos

El discípulo quería elaborarlo todo a través del entendimiento intelectual. Solo confiaba en la razón y estaba encerrado en la propia jaula de su lógica. Visitó al mentor espiritual y le preguntó:

—Señor, ¿quién sostiene el mundo?

El mentor repuso:

—Ocho elefantes blancos.

—¿Y quién sostiene a los ocho elefantes blancos? —preguntó intrigado el discípulo.

—Otros ocho elefantes blancos.

El Maestro dice: El pensamiento es limitado. Una nueva energía de conocimiento aparece cuando cesa el pensamiento.

Una partícula de verdad

En compañía de uno de sus acólitos, el diablo vino a dar un largo paseo por el planeta Tierra. Habiendo tenido noticias de que la Tierra era terreno de odio y perversidades, corrupción y malevolencia, abandonó durante unos días su reino para disfrutar de su viaje. Maestro y discípulo iban caminando tranquilamente cuando, de súbito, este último vio una partícula de verdad. Alarmado, previno al diablo:

—Señor, allí hay una partícula de verdad, cuidado no vaya a extenderse.

Y el diablo, sin alterarse en lo más mínimo, repuso:

—No te preocupes, ya se encargarán de institucionalizarla.

El Maestro dice: Nadie puede monopolizar la verdad, ni la verdad es patrimonio de nadie.

El rey de los monos

Cuando el rey de los monos se enteró de dónde moraba el Buda predicando la Enseñanza, corrió hacia él y le dijo:

—Señor, me extraña que siendo yo el rey de los monos no hayáis enviado a alguien a buscarme para conocerme. Soy el rey de millares de monos. Tengo un gran poder.

El Buda guardó el noble silencio. Sonreía. El rey de los monos se mostraba descaradamente arrogante y fatuo.

—No lo dudéis, señor —agregó—, soy el más fuerte, el más rápido, el más resistente y el más diestro. Por eso soy el rey de los monos. Si no lo creéis, ponedme a prueba. No hay nada que no pueda hacer. Si lo deseáis, viajaré al fin del mundo para demostrároslo.

El Buda seguía en silencio, pero escuchándolo con atención. El rey de los monos añadió:

—Ahora mismo partiré hacia el fin del mundo y luego regresaré de nuevo hasta vos.

Y partió. Días y días de viaje. Cruzó mares, desiertos, dunas, bosques, montañas, canales, estepas, lagos, llanuras, valles... Finalmente, llegó a un lugar en el que se encontró con cinco columnas y, allende las mismas, solo un inmenso abismo. Se dijo a sí mismo: «No cabe duda, he aquí el fin del mundo».

Entonces dio comienzo al regreso y de nuevo surcó desiertos, dunas, valles... Por fin, llegó de nuevo a su lugar de partida y se encontró frente al Buda.

—Ya me tienes aquí —dijo arrogante—. Habrás comprobado, señor, que soy el más intrépido, hábil, resistente y capacitado. Por este motivo soy el rey indiscutible de los monos.

El Buda se limitó a decir:

—Mira dónde te encuentras.

El rey de los monos, estupefacto, se dio entonces plena cuenta de que estaba en medio de la palma de una de las manos del Buda y de que jamás había salido de la misma. Había llegado hasta sus dedos, que tomó como columnas, y más allá sintió el abismo, fuera de la mano del Bienaventurado, que jamás había abandonado.

El Maestro dice: ¿ Adónde pueden conducirte tu engreimiento y fatuidad que no sea al abismo?

Mañana te lo diré

El rey era un hombre joven sinceramente preocupado por las cuestiones metafísicas. Aspiraba a conquistar la liberación interior y sabía que lograrla requería muchísima motivación y un enorme esfuerzo. Comenzó a preguntarse si una persona necesitaría más de una liberación y, atormentado por esta cuestión, hizo llamar a su maestro.

—Venerable yogui. Hay una cuestión que me inquieta mucho. Incluso me roba el sueño. Yo sé hasta qué punto hay que esforzarse para hallar la Liberación pero me pregunto: ¿Basta con que una persona se libere una vez o son necesarias más liberaciones?

El yogui solo repuso:

—Mañana, señor, te lo diré al amanecer.

El monarca ni siquiera pudo conciliar el sueño. Estaba ansioso por recibir la respuesta. Los primeros rayos del sol iluminaron su reino. Se incorporó y comenzó a ataviarse. Recordó que tenía que estar presente en una ejecución que iba a llevarse a cabo. Por haber violado y matado a varias mujeres, un hombre había sido condenado a la horca. El juez había anunciado: «Este hombre cruel y perverso debería ser ahorcado por cada uno de sus crímenes».

Cuando el rey salió de su cámara, el yogui le estaba esperando.

—Estoy ansioso por conocer tu respuesta —dijo el rey nada más verle.

—La conocerás, señor. Si me permites acompañarte a contemplar la ejecución.

El monarca y el yogui asistieron a la ejecución. El asesino fue ahorcado. Entonces el rey se volvió hacia el yogui y le preguntó:

—¿Cuándo responderás a mi pregunta?

—Ahora mismo, majestad —repuso el yogui—. Ese hombre que acaba de ser ejecutado debería haber sido ahorcado, según el juez, una vez por cada uno de sus crímenes. ¿Podéis acaso ahorcarlo de nuevo?

—Claro que no —afirmó el monarca—. Un hombre ahorcado no puede ser ahorcado de nuevo.

Y el yogui dijo:

—Y un hombre liberado, ¿puede liberarse de nuevo?

El Maestro dice: Con la Liberación pierdes el ego pero ganas el Todo.

Lealtad

Un insurrecto había sido condenado a morir en la horca. El hombre tenía a su madre viviendo en una lejana localidad y no quería dejar de despedirse de ella por este motivo. Hizo al rey la petición de que le permitiese partir unos días para visitar a su madre. El monarca solo puso una condición, que un rehén ocupase su lugar mientras permanecía ausente y que, en el supuesto de que no regresase, fuera ejecutado por él. El insurrecto recurrió a su mejor amigo y le pidió que ocupase su puesto. El rey dio un plazo de siete días para que el rehén fuera ejecutado si en ese tiempo no regresaba el condenado.

Pasaron los días. El sexto día se levantó el patíbulo y se anunció la ejecución del rehén para la mañana del día siguiente. El rey preguntó por su estado de ánimo a los carceleros, y estos respondieron:

—¡Oh, majestad! Está verdaderamente tranquilo. Ni por un momento ha dudado de que su amigo volverá.

El rey sonrió con escepticismo.

Llegó la noche del sexto día. La tranquilidad y la confianza del rehén resultaban asombrosas. De madrugada, el monarca indagó sobre el rehén y el jefe de la prisión dijo:

—Ha cenado opíparamente, ha cantado y está extraordinariamente sereno. No duda de que su amigo volverá.

—¡Pobre infeliz! —exclamó el monarca.

Llegó la hora prevista para la ejecución. Había comenzado a amanecer. El rehén fue conducido hasta el patíbulo. Estaba relajado y sonriente. El monarca se extrañó al comprobar la firmeza anímica del rehén. El verdugo le colocó la cuerda al cuello, pero él seguía sonriente y sereno. Justo cuando el rey iba a dar la orden para la ejecución, se escucharon los cascos de un caballo. El insurrecto había regresado justo a tiempo. El rey, emocionado, concedió la libertad a ambos hombres.

El Maestro dice: Deposita en tu capacidad de libertad interior la confianza del rehén y el camino te conducirá a la meta más alta.

El yogui tántrico

Era un yogui abstinente que había aprendido a canalizar todas sus energías sexuales hacia el desarrollo espiritual. Vivía en una casita a las afueras del pueblo y era frecuentemente requerido por devotos que le reclamaban instrucción mística.

Cierto día, un grupo de buscadores lo visitaron y le expusieron la siguiente cuestión:

—Maestro, nos preguntamos cómo puedes asumir tan fácilmente tu soledad, cómo no echas de menos a una mujer que te acompañe y te sirva de apoyo y consuelo.

—Nunca estoy solo, os lo aseguro —repuso el yogui—. Yo soy hombre y mujer. He logrado unificar en mí ambas polaridades y jamás podré ya sentirme solo. Me siento pleno y siempre acompañado. Cuando, por ejemplo, barro mi casa o tiendo mi lienzo, soy mujer; pero cuando cargo grandes pesos o corto leña, soy hombre. Según la tarea que lleve a cabo, me siento hombre o mujer, pero en verdad no soy ni lo uno ni lo otro, porque soy ambos a la vez.

El Maestro dice: Para el ser realizado, solo hay una energía, y es la de la Mente Universal.

El mendicante golpeado

Al amanecer, un monje mendicante dejó el monasterio para ir a mendigar su alimento. Iba tranquilamente caminando cuando vio que un terrateniente golpeaba cruelmente a uno de sus sirvientes. El monje, lleno de compasión corrió hasta el terrateniente e intercedió por el que estaba siendo tan severamente castigado. El terrateniente la emprendió entonces con el pacífico monje y le propinó tal paliza que lo dejó medio muerto.

Un par de horas después, otros monjes del monasterio lo hallaron en tan lamentable estado y lo condujeron prestos a su celda en el monasterio. Uno de los monjes le estuvo curando las heridas con mucho cariño. Cuando el herido se reanimó, le dio leche y le preguntó:

—Hermano, ¿me conoces?

—Claro que te conozco, hermano —dijo con un hilo de voz el herido—. Aquel que me golpeó, me está ahora cuidando y alimentando con leche.

El Maestro dice: Así es el carácter de unidad para un iluminado.

Los ciegos y el elefante

Se hallaba el Buda en el bosque de Jeta cuando llegaron un buen número de ascetas de diferentes escuelas metafísicas y tendencias filosóficas. Algunos sostenían que el mundo es eterno, y otros, que no lo es; unos que el mundo es finito, y otros, infinito; unos que el cuerpo y el alma son lo mismo, y otros, que son diferentes; unos, que el Buda tiene existencia tras la muerte, y otros, que no. Y así cada uno sostenía sus puntos de vista, entregándose a prolongadas polémicas. Todo ello fue oído por un grupo de monjes del Buda, que relataron luego el incidente al maestro y le pidieron aclaración. El Buda les pidió que se sentaran tranquilamente a su lado, y habló así:

—Monjes, esos disidentes son ciegos que no ven, que desconocen tanto la verdad como la no verdad, tanto lo real como lo no real. Ignorantes, polemizan y se enzarzan como me habéis relatado. Ahora os contaré un suceso de los tiempos antiguos. Había un maharajá que mandó reunir a todos los ciegos que había en Sabathi y pidió que los pusieran ante un elefante y que contasen, al ir tocando al elefante, qué les parecía. Unos dijeron, tras tocar la cabeza: «Un elefante se parece a un cacharro»; los que tocaron la oreja, aseguraron: «Se parece a un cesto de aventar»; los que tocaron el colmillo: «Es como una reja de arado»; los que palparon el cuerpo: «Es un granero». Y así, cada uno convencido de lo que declaraba, comenzaron a querellarse entre ellos.

El Buda hizo una pausa y rompió el silencio para concluir:

—Monjes, así son esos ascetas disidentes: ciegos, desconocedores de la verdad, que, sin embargo, sostienen sus creencias.

El Maestro dice: La visión parcial entraña más desconocimiento que conocimiento.